젊은 베르테르의 슬픔

Die Leiden Des Jungen Werthers

젊은 베르테르의 슬픔

초판 1쇄 발행 2013년 2월 15일
초판 6쇄 발행 2016년 4월 10일

지은이 요한 볼프강 폰 괴테
옮긴이 최다경
펴낸이 한승수
펴낸곳 온스토리

책임편집 이현정
편 집 조예원
마케팅 안치환
디자인 김선영

등록번호 제2013-000037호
등록일자 2013년 2월 5일

주 소 서울특별시 마포구 연남동 565-15 지남빌딩 309호
전 화 02 338 0084
팩 스 02 338 0087
E-mail hvline@naver.com

ISBN 978-89-98934-19-4 04800
       978-89-98934-11-8 04800(세트)

온스토리 세계문학 008

젊은 베르테르의 슬픔

Die Leiden Des Jungen Werthers

요한 볼프강 폰 괴테 지음 · 최다경 옮김

온스토리
Publishing Company on story

요한 볼프강 폰 괴테

차례

불행했던 베르테르의 이야기에 대한 정보들을
최대한 모아 내놓습니다.
그런 제게 여러분들은 고마워하게 되리라 믿습니다.
그의 영혼과 성품에서 존경과 사랑을 느끼지 않을 수 없으며,
그의 운명에 눈물을 참을 수 없을 겁니다.
베르테르와 꼭 같은 열정을 지닌 선량한 그대여,
그의 슬픔에서 위안을 찾으십시오.
운명 혹은 자신의 과오 때문에 다가설 벗을 찾지 못했다면
이 작은 책을 당신의 벗으로 삼으십시오.

제1부

1771년 5월 4일

떠나오니 너무나 기쁘다! 절친한 친구여, 인간의 마음이란 무엇이란 말인가! 그토록 사랑해 잠시도 떨어지기 힘들었건만 자네를 떠나오고는 이렇게 기쁘다니! 이런 나를 용서해주리라 믿네. 나머지 인간관계야 나 같은 인간의 마음을 괴롭히려고 운명이 정해준 것 아니겠는가?

가엾은 레오노레! 하지만 나는 결백하다네! 그녀의 동생이 지닌 특유의 매력이 내게 즐거운 위안을 안겨주는 동안, 가엾은 그녀의 마음속에 열정이 생겨났다 해도 내가 어찌할 수 있단 말인가! 그렇지만…… 나는 정말 결백한 걸까? 그녀의 감정을 키운 것은 바로 내가 아닐까? 우리를 웃게 해주던 천성적으로 솔직한 표현들에

나 자신도 흐뭇해하지 않았던가? 또한 나는…… 아, 자신에게 이토록 불만을 가지다니, 인간이란 도대체 뭐란 말인가?

사랑하는 친구여, 이제 달라질 거라 약속하겠네. 지금까지는 항상 그래왔지만, 앞으로는 운명이 우리들에게 내민 고통을 되새김질하지 않겠네. 현재를 즐기겠네. 과거는 과거여야만 하네. 무덤덤한 현재를 참아내는 대신 과거의 고통을 기억해내는 데 헛된 상상력을 발휘하지 않는다면, 인간들의 고통은 줄어들 거라는 자네의 말은 분명 맞네, 친구. 인간이 왜 그렇게 만들어졌는지는 신만이 알겠지.

최선을 다해 어머니의 일을 처리하고 있고 조만간 그에 대해 기별하겠다고 어머니에게 좀 전해주면 좋겠네. 숙모님을 만나보았지만 집에서 생각하듯 나쁜 여자라는 생각은 들지 않았어. 오히려 훌륭한 마음씨를 지닌 유쾌하고 열정적인 분이야. 상속하길 꺼리는 재산에 대해 어머니가 불편해하고 있다고 설명했네. 숙모님은 그 원인과 이유를 알려주었네. 어떤 조건이라면 기꺼이 모든 것을 내줄 수 있는지에 대해서도. 심지어 우리가 바라는 이상을 줄 수도 있다고 했네. 간단하게 어머니에게 다 잘될 거라고 전해주게. 지금 그런 일에 대해서는 쓰고 싶지 않네.

친구! 이번 일을 처리하며 계략과 악의보다도 오해와 태만이 세상을 더욱 혼란스럽게 한다는 걸 다시 한 번 알게 되었네. 적어도 분명한 것은 오해와 태만이 훨씬 드물다는 사실이야.

어찌 됐든 이곳에서 난 잘 지내고 있네. 천국 같은 이 마을에서 외로움은 내 마음에 큰 위안이 되고 있네. 그리고 젊음이라는 인생의 시기는 자주 시리던 나의 마음에 힘껏 온기를 보내준다네. 나무마다 덤불마다 꽃이 가득하니 이 향기로운 바다에서 이리저리 떠다니며 먹이를 구하는 풍뎅이가 되고 싶을 지경이야.

시내는 불쾌할 수도 있지만 그 주변은 말로 다할 수 없을 정도로 아름다운 자연에 둘러싸여 있네. 작고한 M 백작이 한 언덕에 정원을 꾸민 것도 그 때문이야. 언덕 위에는 아름답고 다양한 자연의 모습이 펼쳐져 있고 사랑스러운 골짜기가 들어서 있다네. 간소한 정원이라 들어서자마자 곧 느끼게 될 걸세. 원예학에만 치우친 정원사가 아니라 매우 감성적인 사람이 이곳에서 스스로 행복하고자 설계한 정원임을. 쇠락해버린 정자亭子에서 고인을 위해 벌써 여러 번 눈물을 흘렸네. 그는 이곳을 무척 사랑했지. 나도 마찬가지라네. 좀 있으면 나는 이 정원의 주인이 될 걸세. 며칠 전부터 정원사도 내게 잘해 준다네. 그렇게 해서 그에게 나쁠 것은 없겠지.

5월 10일

온 마음이 행복해지는 봄날 아침인 듯, 나의 영혼은 경이로운 즐거움에 휩싸였네. 나와 같은 영혼들을 위해 만들어진 이 고장에서 온전한 혼자이기에 내 삶에 더욱 기쁨이 가득하네. 친구, 난 정말로 행복하다네. 고요한 감정에 너무 심취해버려 나의 예술성이 고통받을 정도니까. 이젠 그림을 그리지 못할 것만 같아. 아니 선 하나조차 그을 수 없을 거야. 하지만 지금 이 순간만큼 내가 위대한 화가였던 적은 없다네.

나를 둘러싼 사랑스러운 골짜기에는 안개가 자욱하고 해는 도저히 지날 수 없는 숲의 심연 주위에서 쉬고 있지. 오직 몇 가닥의 빛만이 그 내부의 성스러운 곳으로 숨어들 수 있을 뿐. 그럴 때면 나는 흐르는 시냇가의 무성한 풀숲에 누워 땅 가까이에서 다채로운 풀들의 놀라운 모습을 지켜본다네. 풀줄기 사이사이 작은 세계 속의 분주한 모습, 말로 설명하기 힘든 그 수많은 형상들, 벌레와 모기들까지도 내 마음 깊은 곳으로 느끼며, 또한 우리 인간을 자신의 모습을 따라 만드신 전지전능한 분의 존재를 느끼며, 우리를 영원한 기쁨 속에 거닐며 살게 해주신 사랑이 넘치는 그분의 고통을 느낄 때⋯⋯ 친구, 내 눈 언저리에 황혼이 스미고 하늘이 연인의 모습으로 내 영혼에서 푹 쉬어갈 때 나는 생각한다네.

'아, 이것을 다시 표현해낼 수 있을까? 입김을 불어넣듯 이것들을 종이에 옮겨놓을 수는 없을까? 영혼이 무한한 신을 비추는 거울이듯, 내 안의 이 꽉 차고 따뜻한 무언가가 영혼의 거울이 될 수 있다면.'

친구, 하지만 그로 인해 나는 몰락하고 있다네. 이 현상들의 장엄한 힘에 눌려 죽어간다네.

5월 12일

이 고장에 사람을 홀리는 정령이 떠돌아다니고 있는 것일까? 아니면 다만 주변이 모두 천국 같다고 여기는 환상이 내 마음에 자리한 것일까? 나는 알 수가 없다네. 저 앞에 샘이 하나 있는데, 나는 마치 멜루지네와 그 자매들*처럼 그 샘에 홀려버렸지. 조그마한 언덕을 내려가면 아치형의 문이 나오는데 거기서 다시 스무 계단쯤 내려가면 대리석 바위틈에서 더없이 맑은 샘물이 솟아나온다네. 그 위를 둘러싼 담장, 또 그 주변을 뒤덮은 키 큰 나무들, 그곳의 서늘함, 이모든 것이 마음을 잡아끌며 나를 놀라게 하지.

매일매일 그곳에서 한 시간씩 앉아 있곤 한다네. 그러면 시내에서 처녀들이 와 물을 떠간다네. 옛 왕녀들도 손수 물을 길었을 만큼, 물 긷는 일은 가장 순수하면서도 인간에게 필요한 작업이지. 그곳에 앉아 있노라면, 그 옛날 창세기 속의 족장들**이 샘가에서 벗을 사귀고

---

* 멜루지네와 그 자매들. 고대 프랑스 전설에 등장하는 물의 요정. 인간과 결혼했으나 물이 그리워 금요일마다 인간의 모습을 하고 자매들과 만났다고 한다.(옮긴이)
** 창세기 속의 족장들. 구약성경의 창세기에 등장하는 아브라함, 이삭, 야곱, 야곱의 아들들을 일컫는다.(옮긴이)

청혼하던 장면과 선량한 정령들이 샘과 물가를 떠도는 모습이 생생히 떠오른다네. 아, 여름날 떠돌다가 지쳐 차가운 샘물에서 힘을 얻은 경험이 없는 사람은 이런 마음을 알 수 없겠지.

5월 13일

내 책들을 이리로 보내겠다는 말인가? 제발 그러지 말라고 부탁하고 싶네. 책에서 벗어날 수 있도록 해줘. 이제 지도하고 격려해주는 말이나 응원의 말 따위는 필요 없네. 혼자서도 내 마음은 벅차오르니 오히려 자장가가 필요할 지경이야. 그런 것들은 내가 즐겨 읽는 호메로스의 작품 속에 가득하네. 나의 끓어오르는 피를 자장가로 수없이 달래보았지. 내 마음만큼 변덕스럽고 불안정한 걸 자넨 보지 못했을 거야. 새삼 이런 말을 할 필요도 없지. 비애에 빠져 있다가 금세 방탕해지고, 달콤한 우수에 잠겨 있다가 또다시 파괴적인 정열에 휩싸이는 나를 보며 자네는 수없이 곤란해했으니까. 나조차도 내 마음을 병든 아이처럼 다루며 마음이 하자는 대로 하고 말지. 다른 사람들에게는 이런 말 하지 말게. 이런 나를 나쁘게 여기는 사람들도 있을 테니.

5월 15일

이 고장의 신분이 낮은 사람들은 나를 알아보고 좋아해준다네. 특히 아이들이 나를 따른다네. 슬픈 사실을 알게 되었어. 처음에 그들에게 다가가 친근하게 이것저것 물어보았을 때에는 자기들을 놀린다고 생각해 나를 거칠게 뿌리치는 사람도 몇 있었다네. 그런 일에 개의치 않으려고 했네. 다만 예전부터 눈치채고 있던 사실을 이제는 확실히 알게 되었지. 어느 정도 지위가 있는 사람들은 서민들과 가까이하면 손해라도 볼까 봐 쌀쌀맞게 굴며 거리를 둔다네. 그런가 하면 공연히 저자세를 취해 가난한 사람들로 하여금 자신들의 오만함을 더욱 뼈저리게 느끼게 하는 비겁하고 경박한 무리도 있다네.

나는 우리가 평등하지도 않고 평등해질 수도 없다는 사실을 잘 알고 있네. 존경받기 위해 소위 하층민이라는 사람들과 떨어져 지내야 한다고 여기는 사람들은 패배가 두려워 적에게서 도망가는 비겁한 자들과 마찬가지라고 생각하네.

얼마 전 샘에 갔었는데 어린 하녀 하나가 맨 아래 계단에 물동이를 놓아두고 머리에 이는 걸 도와줄 친구가 없나 둘러보고 있더군. 계단을 내려가 그녀를 바라보며 물었지.

"내가 좀 도와줄까요, 아가씨?"

얼굴을 온통 새빨갛게 붉힌 그녀가 답했네.

"아닙니다, 괜찮아요."

내가 "사양하지 마세요" 하자 머리에 똬리를 고쳐 올려놓더군. 그렇게 그녀를 도와주자 그녀는 감사하며 계단을 올라갔다네.

5월 17일

여러 사람들을 사귀었지만 친구할 만한 사람은 찾지 못했네. 나의 어떤 점이 사람들의 마음에 드는지는 알 수 없지만 많은 이들이 나를 좋아해주고 따른다네. 그래서인지 이들과 내가 함께 걸어가는 길이 너무나 짧다는 생각이 들면 더욱 마음이 아프네. 이곳 사람들이 어떠냐고 묻는다면 다른 곳과 마찬가지라고 할 수밖에 없겠지. 인간이란 종족은 단순하기 그지없다네. 대부분이 살기 위해 시간을 죄다 써버리고 얼마 남지 않은 자유로운 시간은 불안에 떨다가 거기서 벗어나려고 온갖 방법을 찾아 헤매지. 아, 그것이 인간의 운명이란 말인가!

하지만 이들은 정말 선량하다네! 가끔씩 나 자신을 잊고 아직 인간에게 허락되어 있는 기쁨을 이들과 함께 나눌 때, 가령 소박하게 차려진 식탁에 둘러앉아 진심을 털어놓는다든지, 적당한 시간에 마차를 타고 산책을 나가거나, 무도회에 가는 모든 일이 내게 좋은 영향을 주고 있다네. 하지만 내 속에 잠자고 있는 다른 수많은 힘들을 한 번 사용하지도 못한 채 썩혀버리고 있다거나, 그 힘들을 들키지 않도록 숨겨야 한다는 생각이 떠오르지 않을 때만 그런 시간들을 즐길 수 있지. 아, 그런 생각들은 내 마음을 조여온다네. 하지만 오해받는 것이 나 같은 인간들의 숙명이 아니던가!

아, 내 젊은 날의 친구가 떠나버렸다니, 그녀를 차라리 알지 못했더라면! "이 세상에서 찾을 수 없는 것을 찾아 헤매다니 너는 바보다"하고 나에게 외치고 있다네. 하지만 나는 그녀를 가졌고 그 마음을 느꼈네. 그 위대한 영혼과 함께하고 있으면 가능한 모든 것이 될 수 있어 실제의 나보다 더 대단한 내가 된 듯한 생각이 들었지. 그때 내 영혼에 쓰이지 않고 남아버린 힘이 있었던가? 그녀 앞에서는 마음으로 자연을 감싸 안을 만큼 신비로운 감정이 넘쳐흘렀네. 우리의 관계 속에서는 섬세한 감성과 날카로운 웃음이 끊임없이 맞물려 돌아갔지. 그것들이 점차 걷잡을 수 없이 변해가던 모습에 천재라는 낙인이 찍힐 정도였네. 하지만 이제는…… 나보다 앞서 살아온 세월이 그녀를 먼저 무덤으로 끌어가 버렸어. 그녀를, 그 굳은 의지와 신성한 인내를 잊지 못할 걸세.

며칠 전 V라는 젊은이를 만났네. 밝은 얼굴을 한 진솔한 청년이야. 갓 대학을 나왔는데 스스로 똑똑하다고 여기진 않지만 다른 사람들보다는 아는 게 많다고 믿고 있더군. 내가 짐작하기로는 꽤 성실하기도 해. 여하튼 박식해 보였네. 내가 그림을 좀 그렸고 그리스

어를 할 줄 안다는 소문을 들은 모양이야. 이 고장에서는 빛나는 별과 같은 일이지. 그래서 나를 찾아와 아는 지식을 쏟아내더군. 바퇴, 우드, 드 필, 빙켈만…… 게다가 줄처*의 이론 제1부를 독파하고 고대 연구에 대한 하이네**의 원고를 갖고 있다고 했네. 나는 그저 좋게 받아주었네.

공국公國의 법관으로 일하는 훌륭한 분도 알게 되었네. 솔직하고 성실한 신사야. 다들 그분이 아홉 명의 자녀에 둘러싸여 있는 모습을 보면 마음이 흐뭇해진다고 말하네. 그중 큰딸에 대해 사람들의 칭찬이 자자하지. 나를 초대해주셨으니 조만간 찾아가려고 생각 중이야. 그분은 여기서 한 시간 반쯤 떨어진 친구의 별장에 살고 있네. 상처를 한 후 시내의 관사에 사는 것이 괴롭다며 허가를 얻어 그곳으로 이사를 했다고 하네.

그 외에도 성격이 비뚤어진 괴짜 몇몇을 알게 되었네만, 모두 참을 수 없는 인간들이야. 무엇보다 억지로 친한 척하려는 것이 가장 견디기 힘들다네.

잘 지내게! 사실대로 적은 편지니 자네 마음에 들 거라 생각하네.

---

* 샤를 바퇴Charles Batteux 18세기 프랑스의 미학자, 로버트 우드Robert Wood 18세기 영국의 고고학자, 로제 드 필Roger de Piles 17~18세기 프랑스의 화가이자 작가, 요한 요아힘 빙켈만Johann Joachim Winckelmann 18세기 독일의 미술사가, 요한 게오르크 줄처Johann Georg Sulzer 18세기 독일의 미학자.(옮긴이)
** 크리스티안 고트로프 하이네Christian Gottlob Heyne(1729~1812). 독일의 어문학자.(옮긴이)

5월 22일

이미 많은 사람들이 인간의 삶은 한낱 꿈에 지나지 않는다고 생각했겠지만 나 역시 그런 감정에 사로잡혔다네. 활동하고 연구하는 인간의 힘은 제약에 갇혀 있으며, 모든 활동이 욕구를 충족하려들 뿐이고 우리의 초라한 생명을 연장하려는 것 이외에 어떤 목적도 없음을 알게 될 때, 또한 연구해 밝혀낸 어떠한 문제에 대해 만족하는 것은 인간을 가두어놓은 벽을 갖가지 형상과 밝은 빛으로 장식하는 것에 불과하다고 체념하게 될 때, 빌헬름, 이 모든 것들이 나를 침묵하게 만드네. 다시금 나 자신으로 돌아와 그 속에서 하나의 세계를 발견하네! 명확한 표현과 생동하는 힘을 통해서가 아니라 어렴풋한 예감이나 막연한 욕망 속에서 그럴 수 있다네. 그 속에서는 모든 것이 내 감각 주변에서 헤엄치는 듯하네. 그러면 나는 꿈속에서 다시 그 세계로 미소를 보낸다네.

아이들은 무엇을 원하면서도 왜 원하는지를 모른다고 하네. 이 점에 대해서는 학식이 높은 학교 선생과 가정교사들의 의견이 일치하지. 하지만 아이들과 마찬가지로 어른들 역시 어디서 와서 어디로 가는지 모르고 이 땅 위에서 비틀거린다네. 참된 목적에 따라 행동하는 것이 아니라 아이들처럼 과자나 케이크, 회초리에 휘둘린다는 것을 인정하는 사람은 거의 없지만 내게는 확실한 사실로 보인다네.

이런 생각에 대해 자네가 뭐라고 말할지 잘 알고 있으니 나도 인정하지. 하루하루를 아이들처럼 보내는, 인형이나 이리저리 끌고 다니다가 옷을 입혔다 벗겼다 하더니 엄마가 과자를 숨겨둔 서랍장 주변을 기대에 차 기웃거리다가 그토록 원하던 것을 마침내 손아귀에 넣게 되면 입 한가득 먹어치우고서 금세 "더 줘!" 하는 그런 아이들이야말로 행복한 존재다! 또한 보잘것없는 사업이나 열정에까지 거창한 이름을 붙이고는 마치 인류에 안녕을 가져다주는 신성한 일을 하고 있다고 생각하는 이들도 행복해 마지않겠지. 그럴 수 있는 자들이여, 복 받을지어다!

그러나 모든 것이 겸허하게 흘러가는 것을 인식하고서, 형편이 되는 시민마다 조그마한 정원을 낙원으로 꾸밀 줄 알고, 불행한 자들 역시 짐을 지고 부단히 앞으로 나아가며, 햇빛을 일 분이라도 더 보고 싶어 한다는 사실을 알게 된 사람, 그래, 그런 사람은 고요하게 자신의 세계를 만들어가고 있는 것이며 그 역시 인간이기에 행복한 것이지. 그런 사람은 제약 속에 살더라도 달콤한 자유의 감정을 간직하고서 자신이 원할 때 이 세상이라는 감옥을 언제든 떠날 수 있지.

5월 26일

자네는 내가 어디에 정착하고 싶어 하는지 오래전부터 알고 있겠지. 어디든 마음에 드는 곳에 조그마한 오두막을 짓고 소박하게 살아보려는 게 내 바람이지. 드디어 내 마음을 끄는 장소를 찾아냈네.

시내에서 한 시간 정도 떨어진 곳에 발하임이라는 마을이 있네. 언덕에 자리한 지형이 매우 재미있다네. 오솔길을 따라 위쪽으로 올라가다 보면 한눈에 골짜기 전체를 볼 수 있네. 나이에 비해 상냥하고 쾌활한 식당 아주머니가 와인과 맥주, 커피를 내온다네. 무엇보다도 활짝 펼쳐진 가지로, 교회 앞의 작은 광장을 뒤덮고 있는 보리수 두 그루가 마음에 든다네. 광장 주변에는 농가와 창고와 정원이 들어서 있지. 이토록 친근하고 아늑한 곳을 쉽게 찾은 적은 없었네. 식당에 부탁해 작은 책상과 의자를 그곳으로 가져다달라고 하고 거기서 커피를 마시며 내가 좋아하는 호메로스를 읽는다네.

어느 화창한 오후 처음으로 우연히 이 보리수 아래를 찾았을 때 자그마한 광장은 퍽 쓸쓸해 보였어. 모두들 들에 나갔던 거야. 땅바닥에 앉은 네 살쯤 되어 보이는 사내아이 하나가 다리 사이에 앉혀 놓은 여섯 달쯤 된 아기를 두 팔로 안아 가슴에 기대게 하더군. 말하자면 아기에게 안락의자가 되어준 셈이지. 검은 눈으로 주변을 분주하게 살피긴 했지만 아이는 아주 침착하게 앉아 있었네. 그 광경이 마음에 들었네. 아이들의 건너편에 놓인 쟁기 위에 걸터앉아 즐거운 마음으로 형과 동생의 모습을 그려보았다네. 그러고는 근처에 있던 울타리와 창고 문, 부서진 마차바퀴들도 차례대로 그려 넣었네. 한 시간쯤 흐른 후 내 생각이라고는 조금도 섞이지 않은, 짜임새 있고 흥미로운 그림이 완성되어 있었다네.

이런 경험을 하고 나면 오로지 자연에만 기대어 살아보려는 나의 의지가 한층 굳어진다네. 자연은 홀로 한없이 충만하며 혼자만의 힘으로도 위대한 예술가를 키워낸다네. 시민사회를 찬양할 때처럼 사람들은 세상의 규칙들을 옹호하기 위한 말을 할 수도 있겠지. 규칙을 좇으며 자신을 발전시켜가는 인간이라면 절대로 혐오스럽거나 조악한 것들을 만들지 않을 걸세. 법과 예의를 지키며 산다면 결코 무례한 이웃이나 괴상한 악당이 될 수는 없는 것과 마찬가지야. 그러나 세상 사람들이 뭐라 하든 모든 규칙들은 결국 자연의 진실한 감정과 그 진실한 표현을 파괴하고 만다!

"그것은 지나친 생각이다! 무성한 덩굴을 쳐내듯 규칙은 다만 우리를 제한할 뿐이다."

만약 자네가 이렇게 반박한다면 여보게 친구, 비유를 하나 들어보겠네. 이것은 사랑과 다름없다 할 수 있네. 어떤 청년이 젊은 여인에게 빠져 하루 온종일 그녀와 시간을 보내고, 그녀에게 모든 것을 바칠 수 있다는 걸 순간순간 알리기 위해 온 정성을 다하며 재산까지 쏟아붓고 있다고 생각해보게. 그때 한 고루한 사람, 가령 공직에 있는 남자가 다가와 이렇게 말하는 걸세.

"이보게, 점잖은 젊은 양반, 사랑도 인간의 일이오. 그러니 인간답게 사랑해야만 하오! 시간을 잘 쪼개 일하는 데 쓰고 남는 휴식 시간을 여인에게 바치시오. 재산 역시 잘 계산해서 꼭 필요한 데 쓰고 남는 것으로 선물을 한다면 반대하지는 않겠소. 너무 자주 하면 안 되지만 생일이나 세례일에 선물하는 것은 괜찮소."

이 말을 듣고 따른다면 쓸모 있는 젊은이라 할 수 있지. 내가 나서서라도 영주들한테 이 젊은이를 관직에 앉혀달라고 추천할 테니까. 그러나 그의 사랑은 끝나고 만다. 그가 예술가라면 예술마저 끝나고 만다. 아, 나의 벗들이여! 천재의 물줄기가 둑을 뚫고 쏟아져 나오는 것은 왜 그리도 드물단 말인가. 높은 파도를 이룰 때까지 뿜어져 나와 너희의 놀란 영혼을 뒤흔드는 것이 왜 그리도 힘들단 말인가.

사랑하는 벗들이여, 그 물줄기가 이룬 골짜기의 양편에는 한가로운 신사들이 정자와 튤립 꽃밭과 채소밭이 떠내려가지 않을까 걱정하며 살고 있다. 그들은 그때를 대비해 둑을 짓고 앞으로 다가올 위험을 피하기 위해 물줄기를 바꿔놓아야 한다는 것도 알고 있다.

5월 27일

지난번엔 내가 들뜬 나머지 비유와 장광설을 잔뜩 늘어놓은 듯하네. 그러다 보니 그만 아이들이 어찌 되었는지 이야기하는 걸 깜박했네. 어제 편지에서 잠깐 설명한 것처럼, 나는 그림을 그리는 감정에 몰두해 쟁기에 두 시간이나 걸터앉아 있었네. 저녁 무렵 그동안 꼼짝도 않고 기다리던 아이들에게 한 젊은 부인이 달려오더니 팔에 장바구니를 걸친 채 멀리서 외쳤네.

"필립스, 정말 착하구나."

부인은 내게도 인사를 건넸네. 나는 답례를 하고 일어나 부인에게 다가가 아이들의 엄마가 되느냐고 물어보았네. 부인은 그렇다며 큰아이에게 흰 빵 반 조각을 주고서 갓난아이를 안아 올려 엄마의 사랑을 가득 담아 입을 맞추었네.

"필립스에게 막내를 맡기고 맏이와 함께 시내로 가서 흰 빵과 설탕, 죽 끓이는 냄비를 사왔어요."

장바구니의 덮개가 떨어져 나가 사온 물건들이 다 보이더군.

"저녁에 한스(갓난아이의 이름이라네)에게 수프를 끓여주려고요. 개구쟁이 맏이가 어제 필립스와 눌어붙은 죽을 가지고 싸우다가 냄비를 부숴버렸거든요."

맏이는 어디 있느냐고 물었더니 풀밭에서 거위들을 몰고 있다고 하더군. 대답이 끝나기가 무섭게 맏이가 튀어나와 둘째에게 개암나무 가지를 선물로 주었네. 부인과 계속 대화를 나누다 보니 그녀는 학교 선생님의 딸이고 남편은 사촌의 유산을 상속받기 위해 스위스로 여행 중이라는 사실을 알게 되었네.

"사람들이 남편을 속이려고 편지에 답장도 하지 않았어요. 그래서 직접 그곳으로 간 거예요. 별일 없으면 좋으련만 아무 소식도 없네요."

헤어지려는데 무척 아쉬워 아이들에게 일 크로이처씩을 주었다네. 갓난아이 몫의 돈은 그녀에게 주고 시내에 가거든 수프에 곁들여 먹을 흰 빵이라도 하나 사주라고 했네. 우리는 그렇게 헤어졌네.

친구, 자네이니 하는 말이지만, 마음을 어찌할 수 없을 때 나는 이런 사람들을 보며 혼란을 잠재운다네. 이들은 즐겁고 태평하게 자그마한 생활을 꾸려가며 그날그날 일을 그럭저럭 헤쳐 간다네. 나뭇잎이 떨어지는 것을 보며 겨울이 온다는 것 외에는 아무 생각도 하지 않을 테지.

그날 이후 그곳을 자주 찾았고 아이들은 나와 친해졌다네. 내가 커피를 마실 때 곁에서 설탕을 얻고 저녁이 되면 버터 발린 빵과 우유를 나누어 먹는다네. 일요일마다 아이들에게 일 크로이처씩을 준다네. 내가 예배에 참석하지 못할 때면 식당 아주머니가 대신 주도록 해두었네.

아이들은 나와 친해져서 갖가지 얘기를 해준다네. 마을에서 다른 아이들이 몰려오면 둘은 더욱 신이 나는데 그 열정과 욕망의 단순한 표출을 보면 나 역시 즐거워진다네. 아이들이 성가시게 군다며 아이들 엄마가 염려하는 바람에 걱정을 덜어주느라 오히려 애를 먹었다네.

5월 30일

얼마 전 그림에 대해 말한 것들은 사실 문학에도 통하리라 생각하네. 탁월한 것을 생각해내어 과감하게 표현으로 옮기는 것, 문학은 바로 그러한 것이지. 그렇게 하면 짧은 말에도 많은 의미를 담을 수 있네. 오늘 어떤 장면을 포착했네. 그것을 그대로 옮겨 적는다면 세상에서 가장 아름다운 목가가 될 수 있을 텐데. 하지만 대체 문학이란 무엇이며, 장면과 목가는 다 뭐란 말인가? 자연에서 일어나는 현상에 단순히 공감하는 데 그치지 않고 그것을 이리저리 손질해야 한단 말인가?

이 편지의 앞부분을 보고서 혹시나 자네가 고상하고 특별한 것을 기대했다면 크게 속았다고 느낄 걸세. 다만 농사를 거드는 일꾼 하나가 내 마음을 이렇게 뛰게 만들었다네. 언제나 그랬듯 나에게는 설명할 힘이 부족하고 또 언제나 그랬듯 자네는 내가 지나치게 과장한다 생각하겠지. 이번에도 발하임일세. 이토록 특별한 일이 벌어지는 곳은 언제나처럼 발하임이라네.

보리수 아래 사람들이 커피를 마시러 모였다네. 그들이 탐탁지 않아 핑계를 대고 나는 어울리지 않았네.

근처에 있던 집에서 일꾼 하나가 걸어 나오더니, 얼마 전 내가 그렸던 쟁기를 손보기 시작했네. 그런 그가 마음에 들어서 말을 걸어보았네. 어찌 사는지 묻다 보니 우리는 금세 친해졌다네. 늘 그렇듯 이런 사람들과 어울리면 쉽게 다정한 사이가 된다네. 그는 어떤 미망인의 집에서 일하고 있는데 꽤 좋은 대우를 받고 있다고 하더군. 미망인에 대해 이 말 저 말 늘어놓으며 칭찬하는 것을 보니 그가 몸과 마음을 바쳐 그녀를 사랑한다는 것을 알 수 있었네. 그녀는 이제 젊지도 않고, 첫 남편에게 학대를 받아 다시 결혼할 마음이 없다고 하더군. 그의 말을 듣고 있으니, 그가 얼마나 그녀를 아름답고 매력적이라고 생각하는지, 첫 남편의 잘못으로 인한 나쁜 추억을 없애주기 위해 그녀가 자신을 선택해주었으면 하고 얼마나 간절히 바라는지를 절절히 느끼게 되더군. 이 남자의 사모하는 마음과 진실한 사랑, 믿음을 자네에게 생생하게 전하려면, 그 말 한마디 한마디를 그대로 옮겨 적어야 할 걸세. 몸짓에 실린 감정, 음성의 조화, 눈빛의 은근함을 그대로 표현하려면, 그래 나는 위대한 시인의 재능을 지녀야만 할 걸세. 아니야, 그의 성품과 표정에서 드러나는 미묘함은 말로는 전달할 수 없네. 내가 다시 표현해봤자 오히려 졸렬해질 뿐이지.

내가 둘의 관계에 대해 오해할까 봐, 혹시 그녀의 선량한 행실에 대해 의문을 품을까 봐, 매우 두려워하는 그의 모습이 더욱 내 마음을 감동시켰다네. 또한 그녀의 외양, 비록 젊음의 매력을 지니진 않았지만 그를 강렬하게 끌어당겨 사로잡은 그녀의 육체에 대해 말하는 그의 모습이 얼마나 열정적이었는지, 나는 그저 마음속 가장 깊은 곳에서 되뇔 수밖에 없겠지. 어찌할 수 없는 욕망과 뜨거운 동경이 이토록 순수한 모습을 띤 것을 이제껏 사는 동안 한 번도 본 적이 없다네. 아니, 이런 순수함을 생각해본 적도 꿈꿔본 적도 없었다고 할 수 있겠지. 그 천진함과 솔직함을 떠올리면 내 영혼의 가장 깊은 곳까지 타오를 것만 같다 해도, 믿음과 사랑에 가득 찬 그 모습을 계속 떠올리며 그로 인해 불타듯 허덕이고 애태우고 있다 해도, 부디 나를 탓하지 말아주게.

그녀를 조만간 한번 만나볼까 하네. 그러나 곰곰이 생각해보면 그러지 않는 게 더 좋을 것 같네. 사랑하는 남자의 눈을 통해 그녀를 보는 것이 더 나을 테니까. 나의 눈으로 본 그녀는 지금 내 앞의 모습이 아닐 테니까. 그 아름다운 그림을 왜 망가뜨린단 말인가?

6월 16일

왜 편지하지 않았느냐고? 그런 질문을 하고도 학자라 할 수 있겠나. 내가 잘 지낸다는 것쯤은 자네도 알지 않는가? 그리고…… 짧게 말해 내 마음을 끌어당기는 한 사람을 알게 되었네. 어떻게 말해야 할지 모르겠군.

사랑할 만한 가치가 있는 존재를 어떻게 알게 되었는지를 설명한다는 건 내게 너무 어려운 일이네. 난 그저 행복하고 만족스러울 뿐, 내게 일어난 일을 하나하나 기록할 수는 없네. 하, 천사라는 말은 누구나 자기 연인에게 하는 소리 아닌가! 그렇게 생각하지 않나? 그녀가 얼마나 완전한지, 어찌해서 그렇게 완전한지에 대해 자네에게 설명할 만한 능력이 없다네. 그녀는 나의 온 마음을 사로잡아버렸다네.

그토록 지적이면서도 순수하고, 그토록 단호하면서도 선량할 수 있다니. 또한 그녀는 활기에 넘치고 발랄하면서도 고요한 영혼을 지니고 있다네.

그녀에 대해 내가 말하는 것은 모두 거추장스러울 뿐이네. 그녀의 인품을 조금도 드러내지 못하는 무의미한 추상일 뿐일세. 다음번에, 아니지, 다음이 아니라 지금 그녀에 대해 얘기해주지. 지금 못한다면 영원히 못할 걸세. 우리끼리 이야기네만, 편지를 쓰기 시작하고서 벌써 세 번이나 펜을 내동댕이쳤다네. 말에 안장을 얹으라고 해서 타고 나갈 셈이었지만 아침에 그러지 않기로 맹세까지 했다네. 그러고도 틈날 때마다 해가 어디쯤 있는지 창밖을 내다보고 있다네.

결국 참을 수 없어 그녀에게 가야만 했네. 빌헬름, 그러고는 이제 다시 돌아와 저녁으로 버터 바른 빵을 먹으며 이렇게 편지를 쓴다네. 여덟 명의 쾌활하고 사랑스러운 동생들에게 둘러싸인 그녀의 모습을 보고 있노라면 내 마음에 기쁨이 흘러넘친다네.

이렇게 계속 쓰다간 처음부터 끝까지 도통 무슨 소린지 알 수가 없겠군. 좀 더 들어보게. 자세히 써보려 노력할 테니.

얼마 전 편지에서 썼네만, 법관인 S 씨를 알게 되었다네. 그가 나를 자신이 은둔해 살고 있는 곳, 아니지 조그마한 왕국이라 할 만한 곳으로 초대했지만 차일피일 방문을 미루고 있었다네. 그 고요한 곳에 숨겨진 보물을 발견하지 못했더라면 거기 가보는 일은 없었을 걸세.

젊은 친구들이 시골에서 무도회를 열기로 했네. 나도 기꺼이 참석하기로 했고. 착하고 아름답지만 그 밖에는 별로 특징이 없는 이곳

아가씨와 함께 춤을 추기로 했지. 마차를 타고 나의 파트너 그리고 그녀의 사촌 아가씨와 함께 무도회가 열리는 곳으로 향했네. 가는 길에 샬로테를 태우기로 한 거지. 나무를 베어낸 널찍하고 운치 있는 숲을 지나 친구의 별장을 향해 달릴 무렵 나의 파트너가 곧 아름다운 아가씨를 만나게 될 거라고 했네. 다른 아가씨는 나더러 반하지 않도록 조심하라더군.

"어째서 조심해야 하나요?" 하고 물어보았네.

"벌써 훌륭한 남자와 약혼했으니까요. 그분은 지금 아버지가 돌아가셔서 뒷일을 마무리하러 떠났어요. 좋은 일자리도 알아보고 있지요."

나는 그런 이야기에 별 관심이 없었네.

해가 떨어지려면 십오 분 정도 남았을 무렵 우리는 별장의 문 앞에 도착했네. 날씨가 꽤 무더웠지. 잘 알지도 못하면서 기상학에 대해 이런저런 말을 하며 무서워하는 여자들을 달래고는 있었지만 나역시 무도회에 지장이 있지 않을까 염려되기 시작했네.

마차에서 내리자 하녀가 문 곁으로 다가와 로테 아가씨가 곧 나올 테니 잠시만 기다려달라더군. 나는 정원을 지나 잘 지어진 집으로 걸어갔네. 앞 계단을 올라 현관에 들어서 보니 한 번도 보지 못했던 아름다운 광경이 눈앞에 펼쳐졌네. 현관 옆방에 두 살부터 열한 살 되는 여섯 아이들이 크지도 작지도 않은 아름다운 아가씨 주변을 둘러싸고 있었네. 그녀는 팔과 가슴에 옅은 붉은색 리본이 달린 소박한 흰옷을 입고서 주위에 모인 아이들의 나이와 식욕에 맞게 검은 빵을 정성껏 잘라 나누어주었네. 아이들은 꾸밈없는 목소리로 "고맙습니다" 하고 외치더군. 빵을 다 자르기도 전에 작은 손을 높이 쳐들고 있다가 빵을 받아들고는 기뻐서 깡충깡충 뛰는 아이도 있고, 차분한 성격인지 로테 누나가 타고 갈 마차와 낯선 손님을 보려고 문으로 다가가는 아이도 있었어.

"부인들을 이렇게 기다리게 하고 들어오시게 해서 죄송합니다. 옷을 갈아입고 제가 없는 동안 처리해야 할 집안일을 돌보느라, 아이들에게 저녁 식사 주는 것을 깜빡했어요. 아이들은 제가 아닌 다른 사람이 빵을 잘라주는 걸 원치 않거든요." 로테가 말했다네.

나는 실없는 인사를 했다네. 그녀의 모습과 음성, 태도에 온 마음이 사로잡혀 버렸거든. 그녀가 장갑과 부채를 가지러 방으로 갔을 때에야 비로소 놀라움을 가라앉힐 여유를 얻게 되었지. 꼬마들은 옆에 떨어져서 나를 바라보고 있었네. 나는 즐거운 표정을 한 가장 어린아이에게 다가갔다네. 마침 로테가 문에서 나오자 아이가 뒤로 물러나더군.

아이에게 로테가 말했지.

"루이, 삼촌과 악수해야지."

그러자 아이가 선뜻 손을 내밀었네. 조그마한 코는 콧물로 지저분했지만 아이에게 진심으로 키스하지 않을 수 없었네. 그녀에게 손을 내밀며 말했네.

"삼촌이라고요? 제가 당신과 친척이 될 수 있는 기쁨을 누릴 만한 사람이라고 생각하십니까?" 그녀는 엷은 미소를 지으며 답했다네. "아이 참, 저희 친척들은 범위가 굉장히 넓답니다. 그중에서 제일 못한 사람이 되신다면 죄송하네요."

떠나기 전 그녀는 열한 살쯤 되어 보이는 바로 아래 동생 소피에게 말을 타고 산책을 나갔다 돌아오실 아버지에게 인사를 잘 드리라고 당부하고, 다른 동생들에게는 소피를 자기처럼 생각하고 잘 따르라고 했네. 몇몇은 그러겠다고 굳게 약속했지만, 여섯 살쯤 되어 보이는 영리하게 생긴 금발머리 여자아이가 소리치더군.

"하지만 소피 언니는 로테 언니가 아니잖아! 우린 로테 언니가 제일 좋단 말이야."

큰 남자아이 둘은 마차 뒤에 올라타고 있었네. 나는 아이들을 태워주자고 그녀에게 부탁했지. 그녀는 장난치지 않고 꼭 붙잡고 있기로 약속한다면 숲 앞까지 마차를 타고 가도 좋다고 하고는 아이들을 태워주었네.

우리가 자리에 앉자마자 부인들은 서로 인사를 나누고 차림새, 특히 모자에 대해 돌아가면서 한마디씩 했다네. 그러고는 곧 무도회에 올 만한 사람들을 하나하나 파헤쳤다네. 로테가 마차를 세우고 동생들을 내리게 하자 아이들은 또다시 그녀의 손에 키스를 하겠다고 아우성이었네. 열다섯 나이에 어울리게 큰 아이는 사랑을 가득 담아,

작은 아이는 서두르느라 대충 입을 맞추었지. 로테는 아이들에게 다시 한 번 인사를 시키고 우리는 계속 달렸다네.

사촌 아가씨가 로테에게 최근에 빌려준 책을 다 읽었는지 묻더군. 로테가 답했네.

"아니요. 마음에 들지 않아요. 다시 가져가셔도 돼요. 예전 책도 그리 좋지는 않더군요."

로테에게 어떤 책들이냐고 물어보았네. 그녀의 대답을 듣고 나는 놀라고 말았다네.

그녀가 하는 모든 말에서 개성이 엿보였다네. 말 한마디를 할 때마다 그녀의 얼굴에서 새로운 매력과 정신의 빛이 뿜어져 나왔다네. 내가 그녀를 이해하고 있어서인지 그녀의 표정도 점점 온화해졌네.

"어렸을 적에는 소설만큼 좋아하는 것이 없었어요. 일요일이면 한구석에 앉아 미스 제니*의 행복과 불행에 온 마음을 쏟았지요. 그럴 때마다 얼마나 즐거웠는지는 신만이 아실 거예요. 그런 책을 아직도 좋아한다는 사실을 부인할 수는 없지만 이젠 책을 좀처럼 읽을 수 없더군요. 그래서 취향에 맞는 것만 골라 보고 있지요. 저는 나의 세계를 돌아볼 수 있게 하면서도 마치 제 일상 같은 것들을 다루는 작가를 좋아합니다. 마치 저희 집의 생활과 같은 이야기가 가장 재미나지요. 물론 천국이라 할 수는 없겠지만 제 생활은 말할 수 없는

---

* 미스 제니. 조지프 헤르메스Joseph Hermes(1778~1821)의 소설 속 주인공.(옮긴이)

행복의 원천이라고 할 수 있으니까요."

　이 말에 얼마나 감동했는지 감추기 위해 노력해야 할 정도였다네. 하지만 더 이상 마음을 감출 수가 없었다네. 그녀가 《웨이크필드의 시골목사》와 또 다른 작가에 대해 너무나 진실하게 평가하는 걸 듣고 난 내가 알고 있는 지식을 정신없이 털어놓아버렸네. 시간이 좀 지나고 난 후 로테가 다른 아가씨들을 위해 대화를 바꾸고 나서야 나는 그들이 눈을 치켜뜨고 앉아 있다는 걸 알게 되었네. 나는 그들이 그 자리에 있다는 사실도 잊고 있었지. 아가씨가 비웃는 듯 코를 삐죽거리며 나를 여러 번 쳐다보았지만 전혀 개의치 않았네.

　이제 대화는 춤을 추는 즐거움으로 옮겨 갔네.
　"이러한 열정이 잘못이라 해도 저는 춤보다 더한 즐거움을 알지 못한다고 솔직하게 말할 수 있습니다. 머릿속이 혼란스러울 때면 대무곡隊舞曲을 연주하고 나면 모든 것이 다 괜찮아지지요."
　대화하는 동안 난 그녀의 검은 눈에 빠져들어 버렸네. 싱그러운 입술과 생기 넘치는 두 귀여운 뺨에 마음을 뺏겨버렸지. 그녀의 말 속에 담긴 깊은 뜻에 홀딱 빠져들었지만 몇 번이나 그녀가 하는 말을 제대로 듣지 못했다네. 자네는 나를 잘 아니 짐작하고도 남겠지. 무도회장에 도착했을 때는 마치 꿈을 꾸듯 마차에서 내렸다네. 꿈에 젖은 채 황혼 속에서 길을 잃고 헤맸지. 불이 켜진 무도회장에서 흘러나오는 음악 소리조차 듣지 못할 지경이었어.

아우드랑 씨와 아무개 신사의 이름을 일일이 어떻게 다 기억하겠나! 두 남자가 사촌 아가씨와 로테의 파트너였다네. 문까지 나와 우리를 맞아주고서 둘은 자기 파트너를 차지해 가고 나도 파트너를 안내해 올라갔다네.

미뉴에트를 추는 동안 서로 줄지어 뱅글뱅글 돌았다네. 나도 차례차례로 파트너를 바꾸었는데 마음에 들지 않는 여자들은 손도 내밀지 않고 끝을 내지도 않았지. 로테는 파트너와 함께 영국 춤을 추기 시작했네. 같은 줄에 서서 춤을 추기 시작했을 때 내가 얼마나 즐거웠는지 자네도 짐작할 수 있겠지. 그녀가 추는 춤을 보았어야 하는데. 정말이지 그녀는 온 정성을 다해 춤을 추었네. 정성과 마음을 다해 온몸으로 조화를 이루어냈다네. 아무 근심 걱정이나 제약도 없어 보였지. 생각과 감정조차 멈춘 채 마치 춤만이 전부인 것처럼. 그 순간 그녀 앞에서 모든 것들이 사라지는 듯했네.

두 번째 대무를 함께하자고 청했지만 그녀는 세 번째를 허락해주더군. 세상에 둘도 없이 사랑스럽고 솔직하게 말했네.

"전 독일 춤을 가장 즐겨 춘답니다. 이곳에서는 독일 춤을 출 때 짝을 바꾸지 않는 것이 유행이에요. 제 파트너는 왈츠를 잘 추지 못하니 왈츠 추는 수고를 덜어주면 제게 감사해할 거예요. 당신의 파트너도 왈츠는 별로예요. 좋아하지도 않고요. 영국 춤을 추는 것을 보았는데 당신은 왈츠를 아주 잘 추시더군요. 저와 독일 춤을 추시려면 제 파트너에게 가서 부탁해보세요. 저는 당신의 파트너에게 가

보지요."

나는 그러기로 했네. 우리가 춤을 추는 동안 우리 파트너들은 대화를 나누기로 합의했고.

드디어 시작했네. 한동안 우리는 여러 모양으로 팔을 엮어보며 즐거워했네. 그녀가 춤을 추는 모습이 얼마나 경쾌하고 매력적이던지! 곧이어 우리는 왈츠를 추게 되었고 마치 하늘의 별들처럼 서로를 감싸고 빙글빙글 돌았네. 이 춤을 출 줄 아는 사람이 드물어 처음에는 다들 우왕좌왕하더군. 우리는 영리하게 사람들을 제쳤다네. 서투른 사람들이 물러나자 이제 우리는 아우드랑 씨와 그의 파트너와 함께 끝까지 맘껏 춤을 추었다네. 세상에서 가장 사랑스러운 사람을 팔에 안고서 번개처럼 재빠르게 이리저리 내달리자 주위의 모든 것들이 사라진 듯했네. 빌헬름, 솔직히 말해 나는 내가 사랑하는 여인을, 내가 원하는 그녀를 나 이외의 다른 사람과 춤추도록 하지 않겠다고 맹세했다네. 그 때문에 내가 파멸한다 해도 나를 이해해주게.

우리는 한숨 돌리기 위해 홀을 좀 둘러보았지. 자리에 앉은 그녀에게 목을 축이라고 설탕을 뿌린 레몬을 몇 조각 건넸다네. 펀치를 만들고 남은 것을 내가 슬쩍한 것이라네. 이것은 톡톡히 효과를 보았네만 그녀의 옆에 앉은 부인이 잔에서 레몬을 꺼내 먹을 때마다 마음이 아팠다네. 그건 마치 모욕 같았지.

세 번째 영국 춤을 출 때 나와 로테는 두 번째 짝으로 만났다네. 줄지어 서 있는 사람들 사이사이를 누비며, 그녀의 품에 기대어 솔직하고 순결한 행복에 넘치는 그 눈을 바라보았을 때 얼마나 기뻐했던지. 우리는 한 부인과 맞닥뜨렸네. 그녀는 그리 젊지 않았지만 사랑스러운 표정 때문에 눈에 띄었지. 그녀는 빙긋이 웃으며 로테를 바라보더니 위협하듯 손가락을 치키고서 우리 곁을 지날 때 두 번씩이나 의미심장하게 알베르트라는 이름을 불렀네.

나는 로테에게 물어보았지.

"실례합니다만, 알베르트가 누구입니까?"

그녀가 대답하려는 순간 우리는 큰 팔자를 그리기 위해 떨어져야 했다네. 우리가 엇갈리며 서로를 스칠 때 그녀의 이마에서 고민하는 기색이 엿보였네. 프롬나드 포즈*를 취하기 위해 내게 손을 내밀며 로테가 답했지.

"당신께 숨길 필요는 없겠지요. 알베르트는 훌륭한 신사예요. 저와 약혼한 사이나 다름없답니다."

이곳으로 오는 길에 아가씨들이 하는 말을 들었으니 새로운 사실이라 할 것도 없겠으나, 그 순간은 처음 듣는 말인 것만 같았다네. 그렇게 짧은 시간 내게 소중한 존재가 되어버린 로테와 관련 지어 생각해본 적은 없었으니까 이지. 나는 너무나 당황해서 어찌할 바를 몰라 줄을 잘못 섰고 모든 게 엉망진창이 되어버렸네. 로테가 나를 잘 이끌어주어 금세 다시 질서를 바로잡을 수 있었네.

---

* Promenade pose. 포크댄스의 포지션 중 하나로 산책하는 듯한 동작.(옮긴이)

무도회가 끝나기 한참 전부터 지평선 위로 번개가 번쩍이는 것을 볼 수 있었네. 그저 번갯불에 지나지 않으리라 생각했지만 점점 심해지기 시작했지. 천둥소리가 음악을 압도해버렸네. 그 바람에 여자 셋이서 무리에서 벗어났고 파트너들은 여자 뒤를 쫓아갔다네. 주위가 소란스러워지고 음악도 중단되었네. 즐거운 순간 느닷없이 불행이나 무서움이 닥치면 다른 때보다 더욱 강렬한 인상을 받는 것은 당연한 일이라네. 둘 사이의 대조를 더욱 생생하게 느낄 수 있기 때문이기도 하지만, 우리의 감각이 활짝 열려 자극에 민감해지고 어떤 인상을 더 빨리 받아들이기 때문이지. 많은 여자들이 이상스럽게 얼굴을 찌푸리는 것을 보게 되었는데 그 이유 때문이라 생각하지 않을 수 없었네.

한 영리한 여자는 창에 등을 기대고 앉아 귀를 막고 있었네. 그 앞에 무릎을 꿇고 치마폭으로 얼굴을 가리는 여자도 있었네. 또 하나는 그 둘을 품에 안고 눈물을 줄줄 흘렸다네. 집으로 돌아가려는 부인도 있었지. 부인들은 어찌할 바를 몰라, 하늘에 올리는 불안한 기도조차 무시한 채 고통스러워하는 아름다운 여인들의 입술을 훔치고 다니는 젊은이들의 파렴치한 행동을 제지할 의지마저 상실해버렸다네. 남자들 몇몇은 조용한 곳에서 담배를 피우러 아래로 내려가버렸고. 남은 사람들은 안주인이 덧문과 커튼이 쳐진 방으로 가자는 꾀를 내자 마다하지 않았지. 방에 들어서 보니 로테가 의자들을 빙 둘러 세워놓고 사람들에게 앉으라고 했네. 그러고는 놀이라도 한번

해보자고 제안했지.

몇몇 남자들은 '키스'라는 달콤한 벌칙을 꿈꾸며 기대에 부풀어 입을 뽀족이 내밀며 사지를 꿈틀거렸다네.

로테가 말했지.

"셈 놀이를 해요. 자, 이제 집중하세요. 제가 오른쪽에서 왼쪽으로 한 바퀴 돌 테니 여러분도 돌아가며 순서대로 숫자를 세는 거예요. 들불이 번지듯 재빨리 말해야 해요. 막히거나 틀리면 따귀를 맞습니다. 그렇게 천까지 세는 거예요."

그리하여 재미있는 광경이 펼쳐졌네. 로테는 팔을 쭉 뻗고 사람들 주위를 원을 그리며 돌았다네. "하나" 하고 처음 사람이 외치기 시작했고 옆 사람들은 "둘", "셋"을 외쳤네. 그렇게 계속 다음으로 넘어갔지. 로테는 점점 빨리 돌기 시작했네. 그러자 하나가 수를 잘못 세고 말았지.

찰싹 따귀 한 대. 웃는 바람에 그다음 사람도 찰싹! 이제 속도가 더욱 빨라졌다네. 나도 뺨을 두 대나 얻어맞았는데 다른 사람들보다 더 세게 얻어맞은 것처럼 생각되어 속으로 기뻐했네. 모두들 웃고 떠드느라 천까지 세기도 전에 놀이는 끝나고 말았네. 친한 사람들끼리 어울려서 떨어져 나가고 천둥번개는 그쳤다네. 나는 홀로 돌아가는 로테의 뒤를 따라갔지. 걸으며 로테가 말했다네.

"따귀 덕분에 모두들 천둥이고 다른 모든 것까지도 잊어버렸어요."
나는 아무 대꾸도 할 수가 없었네. 로테가 계속 말을 이어갔네.

"저 역시 무척 겁이 나기는 했지만 다른 사람들에게 용기를 주려고 대담해지려 했어요. 그러다 보니 정말 용기가 생기더군요."

우리는 창가로 걸어갔네. 먼 곳에서는 천둥이 내리치고 비가 장관을 이루며 땅 위로 쏟아지고 있었지. 우리를 둘러싼 따뜻한 공기 속에서 신선한 향기를 맡을 수 있었네. 로테는 팔을 괴고서 차분하게 주위를 둘러보았네. 하늘과 나를 번갈아 바라보았지. 그녀의 눈에 눈물이 가득 고여 있었네. 나의 손 위에 자신의 손을 얹고서 "클롭슈토크!"* 하고 외쳤지. 순간 나는 로테가 그런 암호로 내 마음에 일으키는 폭풍 같은 감흥 속으로 빠져들었네. 난 더 이상 참지 못하고 기쁨의 눈물에 젖은 채 몸을 기울여 그녀의 손에 키스했다네. 그리고 그녀의 눈을 다시 바라보았지. 숭고한 시인이여! 이 눈빛 속에 깃든 당신에 대한 존경을 보실 수만 있다면, 로테 이외의 다른 사람이 당신의 이름을 불러 더럽히는 것을 이제 더는 듣고 싶지 않습니다!

6월 19일

지난번 어디까지 이야기했는지 모르겠군. 잠자리에 든 것이 새벽 두 시였다는 사실만 기억할 뿐이네. 편지 대신 얼굴을 보며 이야기

---

* Friedrich G. Klopstock(1724~1803). 18세기의 독일 시인.(옮긴이)

를 쏟아냈더라면 아마 동이 틀 때까지 자네를 붙잡아두었을 걸세.

　무도회에서 돌아오는 길에 일어났던 일은 아직 말하지 않았지만, 오늘은 그런 이야기를 하기에 적합한 날이 아닐세.

　그때 해가 다정스레 떠올랐지. 주위의 숲에는 이슬이 맺혔고 숲은 싱그러웠다네. 함께 하던 부인들은 꾸벅꾸벅 졸았다네. 로테가 나에게 같이 눈을 붙이지 않겠냐고 물어왔네. 자신 때문에 걱정할 필요는 없다면서. 나는 그녀를 뚫어지게 바라보며 말했다네.

　"당신이 눈을 뜨고 있는 것을 볼 수 있는 동안 잠들 위험은 없습니다."

　그녀의 집 앞에 도착할 때까지 우리는 그렇게 졸음을 참고 견디었네. 하녀가 나와 조용히 문을 열어주었고, 아버지와 아이들에 대해 로테가 묻자 모두들 편히 잠들었다고 말했다네. 떠나오며 오늘 다시 보러 오겠다고 그녀에게 약속했네. 로테는 나의 바람을 허락해주었네. 그때에도 해와 달과 별들은 조용히 그들의 할 일을 다 하고 있었겠지만 나는 밤인지 낮인지 알 수 없었다네. 나를 둘러싼 이 세상이 전부 사라져버린 것 같았지.

6월 21일

　신께서 성인聖人들을 위해 마련해주신 것만 같은 행복한 하루하루를 보내고 있네. 앞으로 내게 어떤 일이 닥칠지 알 수 없지만, 인생의 기쁨 그중에서도 가장 순수한 기쁨을 누리지 못했다 말할 수는 없게 되었네. 자네는 나의 발하임을 알고 있겠지. 나는 거기에 완전히 정착했다네. 그곳에서 로테에게 가는 데는 삼십 분밖에 걸리지 않으니까. 그곳에서 나는 나를 다시금 느끼고 인간에게 주어진 모든 행복을 누린다네.

산보를 나가 발하임으로 가려고 했을 때에는 그곳이 천국에 맞닿아 있는 줄 미처 알지 못했네. 내 모든 소망을 품고 있는 그 별장을, 이리저리 헤매다 산 중턱에 올라 내려다보고, 강 건너 저편 평지에서도 바라보았다네.

사랑하는 빌헬름! 자기 자신을 확장해가고 새로운 발견을 하며 이리저리 방황하는 인간의 내면에 깃든 욕망에 대해 곰곰이 생각해보았다네. 또한 기꺼이 자신을 제한하고서 좌우도 돌아보지 않으며 습관이라는 선로를 따라 달리는 인간의 욕망에 대해서도 생각해보았지!

이곳으로 와 언덕에 올라 아름다운 골짜기를 내려다보면 나를 둘러싼 모든 것들이 경이로울 만치 나를 사로잡는다네. 저기 자그마한 숲, 아 저 그늘 속으로 녹아 들어갈 수 있다면! 저 산봉우리, 아 저곳에 올라 너른 땅을 내려다볼 수 있다면! 그리고 굽이굽이 이어진 언덕들과 정다운 골짜기들! 아, 그곳으로 스며들 수만 있다면! 하지만 저곳으로 서둘러 달려가 보면 이내 다시 돌아오게 된다네. 내가 원하는 것을 찾을 수 없으니까. 아, 아득히 먼 곳은 미래와 다를 바 없구나! 거대하고 희미한 전체가 우리 영혼 앞에 놓인 채 우리의 감각은 마치 우리 눈과 마찬가지로 그곳에서 흐려지고 만다. 아아, 우리의 전 존재를 다 바쳐 오직 하나의 위대하고 찬란한 감정을 통해 지극한 기쁨을 누려보기를 그토록 원하건만, 아아, 막상 저기로 달려가 저곳이 이곳이 되어버리는 순간 지금은 예전이 되고 만다네. 우리는 그저 가난과 속박 속에 살 뿐이며, 우리의 영혼은 사라져버린 샘물을 찾아 헤매는 것이지.

지독한 불안에 시달리던 방랑자라 할지라도 결국에는 조국을 그리워하며, 자신의 오두막에서, 아내의 품안에서, 아이들에 둘러싸여 생계를 꾸려나가며 저 멀리 떨어진 낯선 땅에서 헛되이 찾기를 원했던 즐거움을 발견하게 되는 것이라네.

아침에 해가 뜨면 나의 발하임으로 간다네. 그곳 식당에 딸린 정원에서 완두콩을 손수 따와서 자리를 잡고 앉아 껍질 속의 심줄을 떼어내며 호메로스를 읽는다네. 자그마한 부엌에서 작은 단지 하나를 꺼내 안에 든 버터를 꺼내고, 완두콩을 불에 올리고 뚜껑을 덮고서 가끔 저어주려 곁에 앉는다네. 그럴 때면, 페넬로페*에게 청혼했던 멋진 사내들이 황소와 돼지를 잡아 썰어다가 불태우던 것처럼 흥겨워하며 생기를 느낀다네. 고요하고 진실한 감정으로 나를 충만하

* Penelope. 호메로스가 쓴 《오디세이아》의 주인공인 오디세우스의 아내. 오디세우스가 20여 년간 유랑하는 동안 페넬로페는 수많은 남자들의 구혼을 물리치고 정절을 지켰다.(옮긴이)

게 해주는 것은, 바로 그 옛날 족장시대의 생활방식이라네. 감사하게
도 나는 마음을 가라앉히고 그러한 생활 속으로 스며들 수 있다네.

손수 기른 양배추를 식탁으로 가져와 맛볼 줄 아는 인간의 단순하
면서도 천진한 기쁨을 나 역시 느낄 수 있다니 다행스러운 일이네.
기쁨은 단지 거기서 그치는 것이 아니라, 그것을 심던 아름다운 아침
과 즐거웠던 한낮 그리고 물을 길어다 주며 자라나는 모습에 기뻐했
던 사랑스러운 저녁, 이 모든 것을 한순간에 다시 만끽할 수 있다네.

6월 29일

그저께 시내에서 마을 의사가 법관 댁을 찾아왔지. 그때 내가 로
테의 동생들과 바닥에서 놀고 있는 모습을 보았네. 아이들은 내 위
로 기어오르기도 하고 놀려대기도 했다네. 내가 간지럼을 태우자 아
이들은 소리를 지르며 야단법석이었지. 꼭두각시 같은 그 박사님께
서는 매우 완고한 분이셨는데 대화하는 와중에 소매 커프스를 접기
도 하고 옷 장식을 잡아 펴고는 했네. 그의 코끝을 보니 내 행동이
배운 사람의 체면에 어울리지 않는다고 생각하는 것을 알 수 있었
네. 나는 개의치 않고 그가 똑똑한 체 늘어놓는 얘기들을 내버려두
고 아이들이 뭉개놓은 카드 집을 다시 쌓아올렸지. 그런데 그가 시
내를 돌아다니며, 법관 집의 아이들이 원래부터 버릇이 없었는데 베

르테르가 더욱 망쳐놓고 있다며 욕을 했다네. 빌헬름, 이 지상에서 내 마음에 가장 가까이 있는 존재는 어린아이들일세. 아이들을 바라보며, 사소한 것들 속에서 그들이 언젠가 필요로 하게 될 모든 덕망과 힘의 씨앗을, 그 고집 가운데서 장차 강하고 견고해질 성격을, 그 경솔함 속에서 이 세상의 모든 위험을 헤쳐 나가게 해줄 선량한 익살과 경쾌함을 발견할 때, 그 한없는 순수함 속에서 나는 인류의 스승이 남긴 금언을 되새긴다네.

"너희가 어린아이들과 같이 되지 아니하면!"*

나의 친구여, 우리와 동등한 아이들을 본보기로 삼아야 하건만, 우리는 그들을 마치 하인 다루듯 한다. 아이들은 의지를 가져서는 안 된다고 한다! 그렇다면 우리에겐 의지가 없는가? 우리들만 특권을 가지고 있다는 것인가? 더 나이가 많고 더 똑똑하기 때문에? 하늘에 계신 신이시여, 당신이 보시기에는 그저 나이 든 아이와 어린아이가 있을 뿐입니다. 그중 누구에게서 더 큰 기쁨을 얻으시는지는 당신의 아들이 이미 알려줬습니다. 사람들은 그를 믿기는 하지만 그의 말을 새겨듣지 않았죠. 이것도 벌써 오래된 일이지요. 아이들을 자기에 맞춰 키우려 합니다.

잘 있게, 빌헬름. 더 이상 이런 이야기를 지껄이고 싶지 않네.

---

* 어린아이들과 같이 되지 아니하면 결단코 천국에 들어가지 못하리라(마태복음 18:3).(옮긴이)

7월 1일

아픈 사람에게 로테가 어떤 존재인지 내 괴로운 마음을 통해 절실히 느끼고 있다네. 병상에서 죽어가고 있는 자들보다 나는 더 괴로워하고 있으니까. 로테는 며칠 동안 시내에 사는 한 착실한 부인 곁에 머무른다네. 의사들의 진단에 따르면 부인의 임종이 멀지 않았다고 하네. 마지막 순간에 로테를 곁에 두려고 하는 것이지.

지난주에는 로테와 함께 성 무슨 마을의 목사를 찾아갔다네. 산속으로 한 시간 정도 들어가 네 시쯤 그곳에 도착했다네. 로테는 둘째 여동생을 데리고 갔지. 커다란 호두나무 두 그루의 그늘이 드리운 목사관의 정원으로 들어서자 선량한 노인이 문 앞에 놓인 벤치에 앉아 로테를 바라보았네. 목사는 마치 다시 살아난 듯 생기를 띠고서 마디진 지팡이도 잊은 채 그녀를 맞이하러 일어나려고 했네. 로테는 달려가서 그를 억지로 다시 앉히고 곁에 앉았지. 그리고 아버지의 따뜻한 안부를 전하고서 노인이 늘그막에 낳은 지저분한 사내아이를 안아주었다네. 그녀가 노인을 정성스레 보살피던 모습, 잘 들리지도 않는 귀에다 대고 또박또박 말하느라 목소리를 높이던 모습을 자네가 보았어야 하는데. 로테는 건강했던 젊은이들이 예기치 못하게 죽었다는 소식과 칼스바트 온천의 탁월한 효능을 전해주었다네. 노인이 내년 여름에 그곳에 가보겠다고 하자 그 결심을 칭찬해주며 저번에 찾아왔을 때보다 안색이 훨씬 좋아지고 건강해 보인다고 말해주었네. 그러는 동안 나는 목사 부인과 인사를 나누었지. 늙은 목사는 완전히 생기를 되찾았다네. 내가 우리에게 아늑한 그늘을 드리워준 아름다운 호두나무를 칭찬하자 목사는 힘든 와중에도 나무에 얽힌 이야기를 들려주기 시작했네.

"저 늙은 나무는 누가 심었는지 몰라요. 이 목사님이 심었다, 저 목사님이 심었다 소문만 무성하지요. 뒤편에 있는 어린 나무는 아내와 동갑이랍니다. 시월이면 쉰 살이 되니까요. 장인어른이 아침에 이 나무를 심었는데, 바로 그날 저녁에 아내가 태어났지요. 장인어른은 제 전임자였어요. 그분이 이 나무를 얼마나 좋아하셨는지 이루 말할 수 없지요. 저에게도 그만큼 소중한 나무랍니다. 이십칠 년 전에 제가 가난한 대학생 신분으로 처음 이곳 정원에 들어섰을 때 아내는 나무 저 아래 놓인 널빤지에 걸터앉아 뜨개질을 하고 있었지요."

로테는 그에게 딸의 안부를 물어보았네. 그녀는 슈미트 씨와 함께 일꾼들을 만나러 목장에 갔다고 하더군. 노인은 전임 목사의 사랑을 받은 데 더해 그 딸에게서도 사랑을 받았으며, 부목사가 되고 나서 마침내 그의 후계자가 되었다는 이야기를 들려주었네. 이야기가 끝나자마자, 목사의 딸이 그 슈미트라는 작자와 함께 정원을 가로질러 오더군. 그녀는 진심으로 따뜻하게 로테를 맞아주었네. 그녀가 내 마음에 들지 않았다고는 할 수 없겠네. 쾌활하고 건강한 흑갈색 머리 여자였네. 시골에서 잠시 이야기 나누기에 제격이지.

반면 그녀의 애인은(슈미트 씨가 애인 행세를 했다네) 말쑥하지만 말이 없는 남자여서 로테가 대화에 끌어들이려고 했지만 좀처럼 우리와 섞이지 않았네. 우리의 대화에 함께하지 않으려는 것은 지성이 부족하기라서보다는 재치가 모자라고 고집스럽기 때문인 것 같아 나는 퍽 우울해졌다네. 유감스럽게도 내 짐작이 사실이 되어 갔네. 프리데리케와 로테가 산책을 할 때 가끔씩 나도 합류했더니 그렇지 않아도 검은 그의 낯빛이 더욱 어두워지더군. 로테가 나의 팔을 잡아당기며 프리데리케에게 지나치게 친절하다고 충고할 정도였네. 사람들이 서로를 귀찮게 구는 것만큼 진력이 나는 일도 없다네. 인생의 꽃 같은 젊은 나날 동안 가장 솔직한 마음으로 기쁨을 나눌 수도 있건만, 좋은 나날을 얼굴을 찌푸린 채 다 망쳐버리고 나서 뒤늦게 그런 낭비를 되돌릴 수 없다고 생각하다니.

나는 기분이 몹시 상했다네. 저녁에 목사관으로 돌아와 테이블에 모여 앉아 빵과 우유를 먹을 무렵 인생의 희로애락으로 대화가 흘러가자 나는 이야기의 실마리를 붙잡고 불쾌한 기분에 대해 격정적으로 비난하지 않을 수 없었네.

"우리 인간은 늘 불평을 늘어놓습니다. 좋은 날은 부족하고 나쁜 날이 많다고들 하지만 제 생각에 그것은 잘못된 겁니다. 우리를 위해 신이 그날그날 베풀어주시는 은총을 마음을 활짝 열고 받아들일 수만 있다면 설령 불쾌한 일이 일어난다 해도 견뎌낼 힘을 충분히 얻을 수 있으니까요."

"그렇지만 우리의 기분이란 우리가 지배할 수 있는 것이 아니잖아요. 기분이란 것은 얼마나 몸에 좌우되는지요! 기분이 나쁘면 제대로 할 수 있는 일이 없잖아요."

목사 부인이 대꾸하더군. 나는 부인의 말을 인정하고 계속 말을 이어갔네.

"그러니 그것을 병이라고 치고 과연 그런 병에는 약이 없는지 의문을 제기해봅시다."

"재미있는 이야기군요. 저는 많은 것들이 마음먹기에 달려 있다고 믿고 있습니다. 저 자신을 미루어보아 알 수 있지요. 왠지 골치가 아프고 불쾌한 기분이 들 때 저는 정원을 이리저리 거닐며 대무곡을 한번 불러보지요. 그러면 곧 기분이 좋아지거든요."

로테가 말했네.

"제가 하고 싶은 말도 그겁니다. 불쾌한 기분이란 나태함과 비슷한 거니까요. 불쾌함이란 일종의 나태함이지요. 우리의 마음은 태만해지기 쉽습니다. 그러나 잠시라도 용기를 가지려고 힘을 내면 일하는 가운데서도 생기가 나고, 활동하면서도 진정한 만족을 얻을 수 있지요."

내가 대꾸했지.

프리데리케는 주의 깊게 대화를 듣고 있었네. 슈미트 씨는 내 말에 반대하면서 인간은 자신을 통제할 수 없고 특히 감정을 다스리는 것은 불가능하다고 했네. 나는 계속 말했네.

"지금 문제 삼고 있는 건 불쾌함이라는 감정입니다. 누구나 그런 감정에서 벗어나고 싶어 합니다. 인간이란 자신의 힘을 시험해보기 전에 그 힘이 어디까지 미칠는지 알 수 없으니까요. 병이 나면 여러 의사를 찾아다니며 이것저것 물어보고, 원하는 건강을 도로 찾기 위해 어떠한 제약과 쓰디쓴 약도 마다하지 않을 겁니다."

성실한 목사가 우리 대화에 잔뜩 귀 기울이고 있는 것을 깨달았네. 나는 노인을 향해 이야기하며 목소리를 높였지.

"죄악에 대해서는 설교를 하지만 불쾌한 기분에 반대하는 설교는 아직 들어본 적이 없습니다."(라파터는 이 점에 대해 특히 요나서에 대해 탁월한 설교를 펼친 바 있습니다.)*

"그런 설교는 시내의 목사가 할 일이지요. 농사꾼은 불쾌한 기분 같은 것은 몰라요. 가끔 불쾌하다 한들 해롭지도 않을 겁니다. 하지만 목사 마누라나 법관 나리에게는 좋은 설교가 될지도 모르지요."

목사의 말에 모두들 웃음을 터뜨렸지. 그도 함께 신이 나서 웃다 몹시 기침을 해서 한때 토론이 중단되기도 했었네. 얼마 후에 슈미트 씨가 다시 대꾸했지.

"불쾌한 기분을 죄악이라고 말씀하셨는데, 그건 지나친 과장이라고 생각됩니다."

"절대로 과장이 아닙니다. 자기 자신이나 이웃을 해치는 것이 죄

---

* 라파터는 취리히 교회의 부목사를 지냈으며 1773년에 요나서에 대한 설교집을 출판했다. 괴테는 라바터를 깊이 존경했다.(옮긴이)

악이라고 불릴 수 있다면 결코 지나친 말이 아닙니다. 우리는 서로를 행복하게 해주지도 못하는 데다가, 때로 자신에게 허락된 만족감마저 서로 빼앗아야 할 때가 있으니 충분히 옳은 말이지요. 불쾌한 기분에 사로잡혀도 혼자서 그것을 견디어내고 주변의 즐거움을 헤치지 않기 위해 기분을 감출 수 있는 훌륭한 사람이 있다면 어디 한번 말해보십시오! 불쾌한 기분은 바로 보잘것없는 자신에 대한 마음속의 불만이며, 질투심과 연결된 자신에 대한 불쾌감이 아니겠습니까? 그런 불쾌감은 어리석은 허영심이 만들어내는 것 아닙니까? 그래서 누가 행복하게 해주지 않았는데도 행복한 사람들을 보면 참지 못하는 것이지요!"

내가 감동해서 이야기하는 모습을 보고 로테는 빙긋이 웃고 있었네. 프리데리케의 눈에 눈물이 맺힌 것을 보고서 나는 이야기에 박차를 가했지.

"마음속에서 솟아나오는 단순한 즐거움을 빼앗기 위해 다른 사람의 마음을 움직일 수 있는 힘을 남용하는 그런 자들은 고통받아 마땅합니다. 이 세상의 어떤 선물이나 친절도 자기 자신에 만족하는 한순간을 대신할 수는 없는 것입니다. 질투에 휩쓸린 불쾌감이라는 폭군이 그런 순간을 망쳐버리지요."

이때 수많은 추억이 밀려와 마음이 벅차오고 눈물이 흐르기 시작했다네. 나는 소리 높여 말했지.

"매일같이 이렇게 말할 수 있다면! 즐거움을 그저 친구에게 맡기고 함께 즐기며 행복을 더해주는 것 이외에는 그를 위해 해줄 수 있는 일이 더는 없구나. 그의 마음이 불안한 정열에 신음하며, 슬픔에 시름할 때 과연 한 방울의 진정제라도 줄 수 있겠는가?

꽃다운 젊은 날, 무참히 짓밟아버린 여인이 무서운 병마에 사로잡혀 기력도 없이 초라한 모습으로 병상에 누워 있을 때, 그녀의 눈은 허공을 헤매고 이마에서는 마지막 땀방울이 삐져나올 때, 저주받은 사람처럼 그 침대 앞에 서서 전 재산을 바친다 해도 어찌할 도리가 없다는 것을 절실히 느끼며 만약 이 죽어가는 사람에게 한 방울의 강장제와 한 가닥의 용기를 줄 수만 있다면 모든 것을 바쳐도 좋겠다는 간절함이 마음속에 요동친다면 어찌하겠는가?"

이런 말을 하는 순간, 내가 함께했던 이 장면이 떠오르며 추억에 휩싸였다네. 나는 손수건으로 눈을 훔치며 자리를 떴네. "이제 그만 가죠" 하는 로테의 목소리에 나는 겨우 정신을 차렸다네. 돌아오는 길에 그녀는 내가 모든 일에 지나치게 흥분하고 그로 인해 자신을 해칠 수도 있다며 야단을 쳤지.

아, 천사여! 나는 그대를 위해 살아야겠다!

7월 6일

그녀는 여전히 죽어가는 친구 곁에 있네. 변함없이 우아하며 눈길이 닿는 곳마다 고통을 덜어주고 행복을 만들어내지. 그녀는 어젯밤에 마리안네와 말헨을 데리고 산책을 했네. 나는 미리 알고서 그들과 만나 함께했지. 한 시간 반 정도 길을 걷고 시내로 되돌아와 나에게 무척이나 소중한 그 샘으로 향했네. 로테가 작은 돌담 위에 앉아 있는 그 순간 샘은 몇 갑절이나 더 소중해졌지. 아, 사방을 둘러보니 내 마음이 너무도 외로웠던 시절이 다시 떠올랐네.

"사랑하는 샘물아, 그동안 이 시원한 곳에서 쉬어가지 못했구나. 급히 지나치느라 너에게 눈길조차 주지 못했구나."

아래를 내려다보았더니 말헨이 컵에 물을 받아 황급히 올라오는 것이 보였네. 나는 로테를 바라보며 마음속에 간직한 그녀에 대한 모든 감정을 한꺼번에 깨닫게 되었지. 말헨이 컵을 가지고 오자 마리안네가 빼앗으려고 했네. 말헨이 천진난만한 표정을 하고서 소리쳤지. "안 돼요, 안 돼요. 로테 언니가 제일 먼저 마셔야 돼요."

아이가 소리치는 가운데 느껴지는 진실함과 상냥한 마음씨에 완전히 반해버렸지. 내 감정을 달리 표현할 수 없어 아이를 안아 올려 입을 맞추었다네. 그 바람에 아이는 소리를 지르며 울어버렸네.

"당신이 잘못했어요" 하고 로테가 말했지. 나는 너무나 당황했네.

로테는 아이의 손을 잡고 계단을 내려가며 말했네.

"이리 오렴, 말헨. 자, 깨끗한 샘물로 얼굴을 씻으렴. 빨리빨리. 그러면 아무렇지도 않을 테니까."

자리에 선 채로 아이가 작은 손을 물에 담갔다가 열심히 볼을 문

지르는 것을 바라보았지. 기적의 샘물로 모든 부정한 것을 씻어내고, 흉측한 수염을 돋게 할지 모르는 부끄러운 일도 떨쳐버리리라 믿는 듯했네.

"이제 됐어."

로테의 말에도 아이는 많이 씻으면 더 효험을 볼 수 있다는 듯이 계속 씻었다네.

빌헬름, 자네니까 하는 말이지만, 이전에는 이보다 더 경건한 마음으로 세례받는 자리에 참석한 적은 없었다네. 로테가 다가왔을 때 나는 마치 국가의 죄를 씻겨준 예언자 앞에 몸을 엎드리듯 그녀에게 절하고 싶었다네.

저녁 무렵 기쁨에 넘쳐 나는 이 우연한 일을 한 남자에게 말하지 않을 수 없었지. 그가 이해심 있고 인간적이라고 믿었기 때문인데, 내 마음 같지 않았네! 그는 로테가 대단히 잘못했다고 하더군. 아이에게 거짓말을 가르쳐서는 안 된다, 그런 일 때문에 수많은 잘못과 미신이 생겨나므로 아이들을 어릴 때부터 보호해야 한다고 말했네. 이자가 일주일 전에 영세를 받았다는 사실이 떠올라 그냥 내버려두었네. 대신 이런 진실을 마음속으로 새겼지.

'하나님이 우리를 다루듯 우리도 아이들을 그렇게 다루어야 한다. 하나님이 우리를 환상 속에 헤매도록 친절하게 내버려두실 때 우리는 가장 행복해진다.'

7월 8일

　인간이란 어쩌면 이렇게 어린아이와 같을까! 이토록 보고 싶어하다니! 우리는 발하임으로 향했네. 부인들은 마차를 탔지. 산책하는 동안 나는 로테의 눈을 바라보았지. 나는 바보야. 용서하게! 자네에게도 그 눈을 보여주고 싶네. 그녀의 검은 두 눈을!

　졸려서 눈이 감길 지경이니 간단히 쓰겠네. 이렇게 된 거야. 부인들이 마차에 올라타고 젊은 W와 셀슈타트와 아우드랑과 내가 마차 주위에 서 있었지. 마차 속의 부인들과 그자들이 흥겹게 대화를 주고받았네. 그자들은 유쾌하고 장난을 좋아한다네. 나는 로테의 눈을 바라보았지. 아아, 눈길이 한 사람 한 사람을 향하더군. 그런데 나를, 나를, 그녀의 눈은 나를 향하지 않았네. 나는 체념 속에 홀로 그녀의 눈을 바라보며 서 있었던 것이었네. 마음속으로 그녀에게 잘 가라는 인사를 수없이 되풀이했네! 하지만 그녀는 나를 쳐다보지도 않았네. 마차는 그냥 지나가 버렸지. 눈에 눈물이 고였네. 나는 그녀의 뒷모습에 인사를 건넸다네. 그녀의 머리장식이 마차 밖으로 비어져 나온 것이 보였네. 그 순간 그녀가 뒤를 돌아보았네. 아아, 나를 보기 위해서였을까?

　사랑하는 친구여! 아직 확실하지 않은데도 나는 들떠 있다네. 그것이 내게 위안이 되니까. 어쩌면 그녀는 나를 보려고 돌아보았겠지, 어쩌면!

안녕! 아아, 난 어쩌면 이렇게 어린아이 같을까?

7월 10일

사람들이 모여 로테에 대해 이야기할 때면 내가 얼마나 어리석게 구는지 자네에게 보여주고 싶을 지경이네! 로테가 얼마나 마음에 드느냐는 질문을 받을 때가 있다네. 마음에 든다! 나는 그런 말을 죽도록 증오하네. 로테가 다만 마음에 든다고 말할 수 있는 사람은 도대체 어떤 사람일까? 그녀로 인해 모든 감각, 모든 감성이 충만하지 않는 인간이 있다면 도대체 어떤 사람일까! 마음에 든다! 최근에 나더러 오시안*이 마음에 드느냐고 물어본 사람도 있었다네!

7월 11일

M 부인의 건강은 심각하다네. 나는 로테와 함께 인내하며 부인의 생명을 위해 기도하고 있네. 부인 댁에서 로테를 만나는 일은 드물

---

* Ossian. 괴테가 흠모한 3세기 아일랜드 영웅이자 시인.(옮긴이)

다네. 오늘 로테는 나에게 이상한 이야기를 들려주었네.

M 노인은 인색하고 욕심 많은 구두쇠여서 평생 부인에게 혹독하고 옹색하게 굴었다는군. 그러나 부인은 어떻게든 살림을 꾸려나갔지. 며칠 전 의사가 죽음을 선고하자 부인은 로테와 동석한 자리에 남편을 불러 이런 이야기를 들려주었다는군.

"한 가지 당신에게 고백할 게 있어요. 내가 죽은 후에 소란스러워지거나 불쾌한 일이 생길지도 모르니까요. 난 지금까지 힘닿는 대로 꼼꼼하게 살림을 꾸려왔어요. 그러나 지난 삼십 년 동안 내가 당신을 속여 왔다는 걸 용서해주실는지요. 결혼 초에 당신은 생활비로 너무 적은 금액을 정해주었어요. 살림이 커지고 장사 규모가 늘어났는데도 당신은 매주 주는 돈을 늘려주지 않았지요. 당신도 잘 아시겠지만 살림이 가장 커졌을 때도 당신은 칠 굴덴으로 일주일을 버텨나가기를 바랐어요. 그래서 전 부족한 돈을 매주 매상에서 빼냈어요. 주부가 금고의 돈에 손을 대리라고는 아무도 상상하지 않았을 테니까요. 그렇다고 낭비는 전혀 하지 않았어요. 이런 고백을 하지 않고도 편히 저세상으로 갈 수 있겠지만 혹시나 다음에 살림을 맡을 사람이 어찌할 바를 모를 때, 당신이 전처는 그것으로도 잘 버텨냈다고 하실까 봐 말씀드려요."

나는 로테와 인간의 판단력이 믿을 수 없을 만큼 흐리다는 이야기를 했네. 비용이 두 배는 들 거라 생각되는데도 칠 굴덴으로 버티고 있다면 무엇인가 감춰져 있을 텐데, 의심조차 하지 않았으니 말일세. 그러나 자기 집에 저 예언자의 영원한 기름단지*라도 가지고 있는 것처럼 의심하지 않는 사람들이 있다네.

7월 13일

아니, 나는 나 자신을 속이는 게 아닐세. 그녀의 검은 눈 속에서 나와 내 운명에 대한 진실한 공감을 엿볼 수 있네. 나는 확실히 느끼고 있네. 그녀가 나를 사랑하고 있다고. 내 마음을 믿는다네. 아아, 나의 천국과도 같은 로테를 이렇게 그녀라는 말로 불러야 될까? 그렇게 불러도 될까?

나를 사랑하고 있다! 그러니 나는 나 자신에게 얼마나 귀중한 존재인가. 자네에게는 말해도 괜찮으리라고 생각하네. 자네는 이런 것들을 이해해줄 테니까. 그녀가 나를 사랑하고부터 나는 정녕 나 자신을 숭배하게 되었다네!

이것은 넘치는 자부심일까, 아니면 진실한 감정일까? 로테의 마음속에 있는 남자들 중 내가 겁낼 만한 사람은 하나도 없네. 그렇지만 그녀가 약혼자에 대해 이야기할 때면, 온갖 열정과 애정을 다하여 이야기할 때면, 나는 모든 영예와 품위를 박탈당하고 대검마저

---

* 저 예언자의 영원한 기름단지. 가난한 여인이 선지자 엘리야에게 대접한 밀가루 한 줌과 기름이 떨어지지 않았다는 이야기.(옮긴이)

빼앗긴 사람이 된 기분이야.

7월 16일

나도 모르게 손가락이 그녀의 손에 스쳤을 때, 테이블 아래에서 우리의 발이 부딪칠 때 온몸의 피가 얼마나 들끓는지 모르겠네! 불에 닿은 것처럼 피하기는 하지만 신비한 힘이 나를 또다시 이끈다네.

모든 감각이 혼란스러워지지. 아아, 그러나 그녀의 순진한 마음은 그 자그마하지만 사랑스러운 움직임이 나를 얼마나 괴롭게 하는지 알지 못한다네! 대화를 하다가 그녀의 손이 나의 손 위에 놓일 때, 신이 나서 내 앞으로 바싹 다가와 천상의 입김이 내 입술에 닿게 될 때, 나는 폭풍 속으로 쏠려든 것만 같다네.

빌헬름! 내가 이 천국을, 이 같은 신뢰를 어찌…… 자네는 나를 알아주겠지. 아니야, 내 마음이 그토록 타락하지는 않았어. 하지만 나약하지, 아주 나약해! 나약한 것도 타락이 아닐까?

그녀는 나에게 신성하다네. 그녀 앞에 있으면 모든 욕망이 가라앉고, 그녀 옆에 서면 내 기분조차 모르겠네. 마치 신경을 타고 정신이 거꾸로 돌아가는 것만 같네. 그녀는 어떤 음률을 가지고 있네. 천사 같은 힘으로 그 음률을 피아노로 연주하지. 차분하면서도 경쾌하게! 그것은 그녀가 제일 좋아하는 곡일세. 첫 음을 듣는 순간부터 모든 고통, 혼란, 망상에서 구원되는 기분이야.

단순한 노래가 나를 얼마나 감동시키는지, 옛 음악의 마력은 아무리 칭송해도 지나치지 않군. 내가 머리에 총이라도 쏘고 싶은 기분일 때 번번이 로테는 그 노래를 불러준다네!

안개가 개듯 내 마음속의 혼란과 어둠이 사라지고 나는 다시 안도의 한숨을 내쉬게 된다네.

7월 18일

빌헬름, 사랑이 없다면 세상이 다 무슨 소용이겠는가! 빛이 없다면 환등기가 다 무슨 소용이겠는가! 불빛이 속에 있어야만 다채로운 영상을 벽에 비출 수 있지 않은가! 설령 짧은 순간의 환영에 불과할지라도 어린 소년들같이 그 기이한 모습에 황홀해한다면 그것만으로도 행복한 걸세. 오늘 나는 로테에게 가지 못했네. 피할 수 없는 약속이 있었던 게지. 그래서 내가 어떻게 한 줄 아나? 그녀에게 하인하나를 보냈네. 오늘 그녀 가까이에 있던 사람을 곁에 두고 싶었으니까. 하인이 돌아오기를 얼마나 초조하게 기다렸는지, 그가 돌아온 것을 얼마나 반갑게 맞이했는지 모르겠네! 부끄럽다는 느낌을 알지 못했다면 그의 키스라도 해주고 싶었네.

형광석에 대해 들은 적이 있네. 그 돌은 햇빛 속에 놓아두면 빛을 흡수했다가 밤에는 다시 빛을 뿜어낸다더군. 어린 하인이 바로 형광석과 같았네. 로테의 눈길이 그의 얼굴, 뺨, 윗옷 단추, 외투의 칼라, 곳곳에 머물렀으리라 생각하면 그 모든 것이 내게 신성하고 값진 것이 된다네! 그때에는 아무리 큰돈을 준다 해도 하인을 팔지 않을 거야. 하인과 함께하는 동안 나는 말할 수 없이 기분이 좋았네. 비웃지 말게, 빌헬름! 우리를 기분 좋게 만드는 것들, 그런 것들이 환영일까?

7월 19일

그녀를 만나리라! 아침에 일어나 더 없이 상쾌한 기분으로 아름다운 태양을 바라보며 나는 이렇게 외친다네.
"그녀를 만나리라."
그러면 온종일 더 바랄 것이 없지. 모든 것이 하나의 희망에 휩싸이니까.

7월 20일

공사와 함께 어디로 가야 한다는 자네의 말을 따르기는 힘들다네.

종속되는 걸 별로 좋아하지 않으니까. 게다가 그자가 불쾌하다는 사실은 누구나 알고 있지 않은가.

어머니는 내가 활약하기를 바라신다고 자네가 전해줬지만 나는 그 말을 듣고 웃고 말았네. 나는 지금도 충분히 활동적이지 않나? 완두콩을 세는 것이나, 강낭콩을 세는 것이나, 따지고 보면 마찬가지 아니겠나. 속세의 일이란 전부 하찮다는 생각이 든다네. 열정도 없이 타인을 위해, 혹은 자신의 욕심 때문에, 돈 때문에, 명예 때문에, 다른 자질구레한 것들 때문에 몸을 혹사하며 일하는 사람은 죄다 어리석은 것일세.

7월 24일

그림 그리기를 게을리하지 말라고 자네는 늘 충고하지만 난 개의치 않고 싶네. 실은 별로 그림을 그리지 못했다네.

지금까지 이만큼 행복한 적이 없었네. 풀 한 포기 바위 하나에 이르기까지, 자연에 대한 감정이 이토록 풍부하고 깊이 있었던 적은 여태 한 번도 없었네. 다만 내 감정을 어떻게 표현해야 마땅한지는 잘 모르겠네. 표현 능력이 너무나 부족하고, 마음속이 혼란스러워 윤곽조차 잡을 수가 없네. 그렇기는 하지만 진흙과 밀랍만 손에 쥘 수 있다면 어떤 것이든 만들어보고 싶다는 생각도 든다네. 이런 상태가 계속된다면 나는 정말로 진흙을 빚을 거야. 말도 안 되는 과자를 만들게 될지라도.

로테를 그리려고 세 번이나 시도했지만 번번이 손만 버리고 말았네. 아침나절에는 일이 제법 잘 풀려서인지 더욱 화가 나는군. 그 후 나는 로테의 실루엣을 그리며 그것으로 만족하기로 했네.

7월 25일

사랑하는 로테! 그래요, 잘 알았어요. 모든 일을 돌보고 잘 보살피지요. 그저 더 많은 일을 맡겨주세요. 몇 번이고 좋습니다. 한 가지 부탁이 있습니다. 내게 보낼 편지에는 모래를 넣지 말아주세요.* 오늘 성급하게 편지지를 입술에 갖다댔다가 모래를 씹고 말았답니다.

7월 26일

그녀를 자주 만나지 말자고 나는 벌써 여러 번 작심했네. 그러나 어떻게 그런 약속을 지킬 수 있단 말인가! 매번 나는 유혹에 지고 만

---

* 잉크 번짐을 막기 위해 편지에 모래를 넣곤 했음.(옮긴이)

다네. 내일은 그러지 말아야지, 진지하게 다짐하지만 막상 다음 날이 되면 또다시 어쩔 수 없는 핑곗거리를 찾아내고 그녀 곁에 머무르고 있다네. "내일도 오시나요?" 하고 로테가 말한다면 어떻게 가지 않을 수 있겠는가? 로테가 나에게 어떤 일이든 청한다면 직접 찾아가 답을 주는 것이 당연하다고 생각하네. 날씨가 화창할 때도 발하임으로 향한다네. 그곳에서 로테가 있는 곳까지는 삼십 분밖에 걸리지 않으니까! 그곳은 로테를 느낄 수 있는 곳이거든. 아차 하는 사이에 벌써 나는 그곳에 가 있네.

할머니가 자석의 산에 대한 동화를 들려주신 적이 있네. 배가 그 산 가까이에 가면 쇠붙이를 모두 빼앗기고 말지. 쇠못은 죄다 산으로 날아가고 배에 타고 있던 불행한 사람들은 무너져 내리는 널빤지들에 깔려 죽고 말지.

7월 30일

알베르트가 오고야 말았네. 나는 떠나야겠지. 그가 훌륭하고 인품이 뛰어난 사람이어서 내가 그의 밑에서 일하는 것이 마땅하다 해도, 눈앞에서 그토록 완전한 존재를 차지하는 장면을 본다는 건 견딜 수 없으리라. 차지한다고! 그만해두겠네. 빌헬름, 약혼자가 오고야 말았네! 누구나 호감을 가질 만큼 훌륭하고 선량한 남자야. 그를 맞이할 때 다행히 나는 그 자리에 없었네! 만약 거기 있었더라면 내 심장은 터져버렸을 거야. 사실 그는 굉장히 점잖아서 내가 있는 앞에서는 로테에게 키스한 적도 없다네. 그에게 신의 가호가 있기를! 그가 여성을 존경한다는 사실 하나만으로도 나는 그를 사랑하지 않을 수 없네. 그도 나를 마음에 들어 하긴 하지만 그의 솔직한 감정이라기보다는 로테가 시켰기 때문이라고 나는 짐작하네. 그런 점에서 여자들은 예민하고 정확하지. 자신을 존경하는 두 사람이 서로 사이 좋게 지내게 할 수 있다면 이득은 언제나 여자의 몫이니까. 하지만 그런 사이가 되기는 힘들지.

하지만 알베르트를 존경하지 않을 수 없다네. 그의 점잖은 태도는 감추기 힘든 나의 불안한 성격과 뚜렷한 대조를 이룬다네. 그는 감정이 풍부하고 로테의 장점을 잘 알고 있지. 또한 기분이 불쾌해지는 경우도 거의 없다네. 자네도 알고 있듯이, 나는 인간의 다른 어떠한 죄악보다도 불쾌한 기분이라는 걸 증오하거든.

알베르트는 내가 분별 있는 사람이라고 생각하고 있다네. 내가 로테를 사랑하는 것, 그녀의 모든 행동에 내가 열광하는 것이 그의 승리감을 더욱 키우고 있지. 그래서 그는 로테를 더욱더 사랑하게 된다네. 때때로 알베르트가 질투심에 불타 로테를 괴롭히지는 않는지, 그 점은 따지지 않으려고 하네. 나라면 질투라는 악마에게서 완전히 벗어나 안심하지는 못할 테니까.

알베르트야 아무려면 어떻겠나! 로테와 함께 지내는 나의 기쁨이 사라져버렸네. 어리석다고 해야 할까, 눈이 멀었다고 해야 할까? 뭐라 하든 중요하지 않네. 사실 그 자체가 말해주고 있으니까.

알베르트가 오기 전에 이미 지금처럼 모든 걸 알고 있었네. 그녀에게 무엇을 요구해서는 안 된다는 것을 알고 있었고, 아무 요구도 하지 않았네. 그토록 사랑스럽지만 욕망을 견딜 수 있는 만큼까지만. 그렇게 지내다가 이제 다른 사람이 나타나 그녀를 빼앗아가니 이 바보 같은 사내는 눈을 부릅뜨는 것이지.

나는 이를 악물고서 내 비참한 꼴을 비웃고 있네. 하지만 나더러 이제는 어찌할 수 없으니 포기하는 것이 좋지 않겠느냐고 말하는 사람을 나는 더욱 비웃어줄 거야. 그 따위 허수아비 같은 자는 쫓아버릴 테야! 나는 숲을 헤치고 지나 로테에게 가본다네. 알베르트가 뜰의 정자에 그녀와 함께 앉아 있으니 어찌할 바를 몰라 미치광이처럼 수다스럽게 농담을 지껄이고 온갖 수작을 부린다네.

오늘 로테가 말했네.

"제발 부탁이에요. 어제저녁처럼 행동하지 마세요. 부탁합니다. 당신은 한번 신이 나면 무서울 정도예요."

우리끼리 하는 말이지만 나는 알베르트가 일해야 할 시간을 기다렸다가 그녀에게 슬쩍 다가가기도 한다네. 혼자 있는 로테를 보면 기분이 좋단 말이야.

8월 8일

용서하게, 빌헬름. 어찌할 수 없는 운명이니 참고 따르라고 강요하는 사람들을 내가 견디기 힘든 놈들이라고 욕한다 해도 결코 자네를 두고 한 말은 아닐세. 자네도 그렇게 생각하고 있는 줄은 모르고 있었네. 따지고 보면 자네 말이 옳은 것 같네.

소중한 친구여! 꼭 한 가지 말하고 싶은 것이 있네. 양자택일로 결론 낼 수 있는 일은 이 세상에 극히 드물다네. 매부리코와 납작코 사이에 큰 차이가 있듯, 감정과 행동 사이에도 정도의 차이가 있는 것이지. 그러니 자네 의견이 전부 옳다고 인정하지만, 양자택일에서 벗어나려 하는 나를 나쁘게 생각하지는 말게.

자네는 로테에게 희망을 걸든가, 거두라고 말했지. 좋네! 희망을 건다면 포기하지 않고 노력해 실현할 수 있도록 힘쓰라는 것이지. 그리고 희망을 거두어야 한다면 모든 힘을 빼앗아버리는 비참한 감정에서 벗어나도록 용기를 내야 한다는 것이지. 소중한 친구여! 그런 말은 쉽지만 행동으로 옮기기는 어렵다네. 야금야금 퍼져가는 질병으로 조금씩 죽어가는 불행한 사람에게 한 번에 고통을 없애라고 단도를 권할 수 있겠나? 기력을 떨어뜨리는 질병은 병을 극복하려는 용기 또한 그에게서 앗아가는 것이 아니겠나?

자네는 나와 비슷한 비유를 들면서 내게 반문할지 모르겠군. 우왕좌왕 망설이다가 생명을 위태롭게 하는 것보다 팔 하나를 잘라

내는 것이 차라리 낫지 않겠냐고? 나는 알 수 없다네! 비유로 이리
저리 물고 뜯는 짓은 그만하지. 그만해도 좋다고 생각하네. 빌헬름,
가끔씩 모든 것을 툴툴 털고 일어날 수 있게 하는 용기를 가질 때
도 있다네. 그런 순간에는 어디로 갈지를 알기만 한다면 기꺼이 그
리로 가겠지.

저녁

오랫동안 들여다보지 못했던 일기장을 오늘 우연히 손에 들고서
깜짝 놀랐네. 어찌 훤히 알고 있으면서도 조금씩 이렇게 무너져버렸
을까! 내 상태에 대해 언제나 정확히 알고 있었지만 어린아이처럼
굴었지. 게다가 지금도 정확히 알고 있으면서도 나아질 기미가 전혀
없다니, 놀랄 뿐이네.

8월 10일

만약 내가 바보가 아니라면 더할 나위 없이 행복하게 살 수 있을
텐데. 내가 지금 그렇듯이, 사랑스러운 조건들이 맞물려 사람의 영
혼을 기쁘게 하는 일은 흔하지 않네. 아아, 오직 마음만이 행복하

게 해줄 수 있음은 분명한 사실이네. 더없이 친절한 가족의 한 사람이 되고, 그 댁의 노인은 나를 친아들처럼 사랑해주고, 어린아이들은 나를 아버지처럼 따른다네. 또 로테도 마찬가지야! 성실한 알베르트, 그는 무례하고 심술궂게 나의 행복을 방해하지도 않지. 진정한 우정으로 나를 감싸준다네. 그는 이 세상에서 로테 다음으로 나를 사랑한다네! 빌헬름, 우리가 산책하는 동안 로테에 대해 이야기를 주고받는 것을 곁에서 들어보면 재미있을 걸세. 이 세상에 우리의 관계만큼 우스꽝스러운 것도 생각해내기 어려울 거야. 그렇지만 이 관계를 생각하면 이따금 눈물을 흘리곤 한다네.

　알베르트는 고지식한 로테의 어머니에 대해 말해주었네. 그녀는 세상을 뜨기 전 집안일과 아이들을 로테에게 맡기고 알베르트에게 로테를 부탁했다는군. 그때부터 로테는 새로운 마음가짐으로 기운을 차리고 집안을 돌보고 성실하게 어머니 역할을 했다네. 매 순간 애정을 가지고 일하며 명랑한 기분을 잃은 적이 없었다는군. 그런 말을 들으며 나는 알베르트와 나란히 걸었네. 길가에 꽃을 꺾어 정성들여 꽃다발을 만들었지. 흘러가는 개울에 그것을 던져버리고는 고요하게 흔들리며 흘러가는 모습을 바라보았네. 자네에게 말했는지 모르겠네만 알베르트는 이곳에 머물며 벌이가 괜찮은 궁정의 자리를 얻게 될 걸세. 궁정에서 그의 인기가 높으니까. 그처럼 차분하고 성실한 사람을 나 역시 별로 본 적이 없다네.

8월 12일

알베르트는 분명 세상에서 제일 훌륭한 인물일세. 어제 그와 이상한 언쟁을 벌였네. 말을 타고 산에 오르기 전에 그에게 작별인사를 하려 했지. 지금 산에서 자네에게 편지를 쓰고 있네. 그의 방 안을 이리저리 둘러보고 있는데 권총이 눈에 띄더군.

"여행갈 때 가지고 가게 권총을 좀 빌려주게."

"좋을 대로 하게. 수고스럽지만 총알은 직접 채워야 해. 여기에는 그저 장식용으로 걸어둔 것이거든."

나는 총을 집어 내렸지.

알베르트가 계속 말을 이어갔네.

"조심한다는 것이 그만 터무니없이 어리석은 짓을 저지르게 된 이후로 저런 물건을 만지고 싶지 않아."

어찌된 사연인지 궁금하더군.

"삼 개월 정도 시골에 있는 친구 집에 묵었을 때 일이야. 장전하지 않은 권총 두 자루를 가지고서 마음 푹 놓고 잠을 자고 있었지. 비가 오던 어느 날 오후, 편안히 앉아 있는 와중에 어째서 그런 생각이 났는지 모를 일이지만, 혹시 습격당할지 모른다, 권총이 필요해질지 모른다, 그리고 자칫하면…… 이런 생각이 어떻다는 것은 자네도 잘 알겠지. 그래서 권총을 손질하고 총알을 넣어두라고 하인에게 건네주었네. 그런데 하인놈이 하녀들과 장난질을 하다 하녀를 놀래려 한 모양이야. 하필 권총이 꽂을대가 꽂힌 그대로 발사되어 하녀의 오른쪽 엄지손가락 아래에 총알이 깊숙이 박혀서 엄지손가락이 으스러졌지. 하녀는 울고불고 야단이 났고 난 치료비까지 물어주었네. 그리고는 총에 총알을 채우지 못하게 했지. 조심한다는 게 사실 무슨 소용이 있겠나? 어디에 위험이 도사리고 있는지 알아낼 수 없는데. 사실 자네도 알고 있다시피……."

알베르트를 좋아하기는 하지만 '사실 자네도 알고 있다시피'라는 말은 질색이라네. 모든 일반 명제에는 예외가 있다는 게 당연한 사실 아니겠는가? 알베르트는 용의주도해서, 경솔한 것, 일반적인 것 또는 불완전한 것을 말한 것 같으면 제한하고 수식하고 가감해가며 완전하다 싶을 때까지 계속 말을 덧붙인단 말일세. 이때에도 알베르트는 심각하게 말했다네. 나는 그의 말에 개의치 않고 공상 속에 빠져 있다가 돌연 화가 난 듯, 총구를 오른쪽 눈 위에 갖다 대었네.

"바보 같으니라고! 뭐하는 짓이야?"

알베르트가 내 손의 권총을 빼앗으며 말했네.

"총알도 없는데, 뭘."

"총알이 없어도 대체 무슨 짓인가? 인간이 어떻게 자살을 할 만큼 어리석은지 이해할 수 없네. 그런 짓은 떠올리기만 해도 혐오스럽네."

알베르트는 참을 수 없다는 듯이 말했네.

나는 외쳤지.

"자네 같은 사람들은 어떤 일에 대해서 꼭 어리석다, 현명하다, 좋다, 나쁘다 판단해야 직성이 풀리는가? 그게 다 무슨 소용인가? 어떤 행위 속에 숨겨진 관계들을 알아보고 그런 속단을 내리는 것인가? 왜 그런 일이 일어났는지, 그 일이 일어날 수밖에 없었던 원인에 대해서 확실히 말할 수 있겠나? 그럴 수 있다면 자네도 성급하게 판단하지는 않을 거라네."

"어떠한 행위들은 그 이유가 무엇이든 간에 죄라는 것을 자네도 인정하겠지."

나는 어깨를 으쓱하며 인정하긴 했지만 계속 말했네.

"하지만 거기에도 예외가 있지. 도둑질은 분명 죄악이네. 하지만 자신과 가족이 굶주려 죽게 생긴 마당에 도둑질을 했다면 동정을 받아야 하겠나, 벌을 받아야 하겠나? 부정한 아내와 그녀를 유혹한 비겁한 정부를 정당한 분노심에서 처결한 남편을 향해 누가 돌을 던지겠나? 환희의 순간에 사랑의 기쁨을 억누르지 못하고 빠져드는 소녀에게 누가 돌을 집어던지겠나? 우리의 법률과 냉정하고 경솔한 사람들마저도 감동해서 처벌을 미룰 것이네."

"그것은 전혀 다른 문제라네. 주체할 수 없는 감정에 사로잡힌 사람은 이성적인 판단 능력을 상실해서 주정뱅이나 미치광이 취급을 받을 테니까."

"아아, 너희들은 이성적인 인간이지!" 나는 미소 지으며 소리쳤네. "격정이다, 술에 취했다, 미쳤다고 취급하며 너희 같은 도덕적인 인간들은 태연하게 팔짱을 끼고 서 있는 거야! 주정뱅이를 비난하고 미치광이를 증오하면서 마치 제사장*처럼 그 옆을 지나며, 신이 저희들을 그 따위로 만들지 않은 것을 바리새인**처럼 고마워하지. 나 역시 수없이 술에 취했고 내 열정 역시 광기와 그리 다르지 않네. 하지만 그 둘을 후회하지는 않는다네. 예로부터 위대한 일, 불가능해 보이던 일을 해낸 비범한 인물에게 사람들은 주정뱅이다, 미치광이다 하고 수군거린다는 걸 나름대로 알게 되었지. 하지만 자유롭고 고귀하며 예상을 뒤엎는 행위를 한 사람에게조차 주정뱅이네, 미치광이네 손가락질하는 건 차마 듣기 힘들다네. 너희들, 차가운 인간들은 부끄러워해야 하네! 너희들 똑똑하고 이로운 자들이여, 부끄러운 줄 알라!"

"그것 또한 자네의 기괴한 사고란 말일세. 자네는 무엇이든 과장하네. 적어도 지금 문제 삼는 것들을 위대한 행위에 견주는 건 분명 잘못이라 생각되네. 그런 건 나약함이라고밖에 여길 수 없네. 괴로운 인생을 참아내는 것보다 죽어버리는 게 훨씬 쉬운 일이니까 말이야."

나는 그만 이야기하려 했네. 진지하게 공들여 논쟁을 벌이고 있는 와중에 상대가 상투적이고 하찮은 대꾸를 할 때처럼 당황스러운 일은 없으니 말이야. 하지만 예전에도 그따위 말은 수없이 들은 바 있고, 그 때문에 화를 낸 일도 있었으니 다시 힘을 내어 알베르트에게

<hr />

*, **   제사장과 바리새인. 위선적이고 행동하지 않는 성직자들에 비유함.(옮긴이)

대꾸했네.

"그것이 나약하단 말인가? 부디 겉모습에 속지 말게나. 폭군의 견디기 힘든 지배를 받으며 신음하던 국민이 마침내 봉기해 폭정의 사슬을 끊어버렸다면, 자네는 그 국민들이 나약하다고 말할 수 있겠나? 자신의 집이 불타는 것을 보고 놀라 보통 때는 들지 못하던 무거운 짐을 순식간에 옮기는 사람, 모욕을 당한 나머지 화가 나서 여섯 사람과 싸웠는데도 이겨버린 사람, 그런 사람을 나약하다고 말할 수 있겠는가? 여보게, 노력하는 것이 강한 것이라면 과도한 긴장은 어째서 나약한 것이란 말인가?"

알베르트는 나를 쳐다보며 말했네.

"나쁘게 생각하지 말게. 자네가 말한 예들은 이 경우에 해당되지 않는 것 같네."

"그럴지도 모르지. 내가 말을 만들어내는 방식이 터무니없다는 비난은 여러 번 들었으니까. 편안한 인생의 짐을 벗어던지기로 한 사람은 어떻게 그런 결심을 하게 되었을까를 우리가 좀 다른 방식으로 상상할 수 있을지 한번 살펴보세. 우리는 공감할 수 있는 문제에 대해서만 말할 수 있는 자격을 갖고 있으니까.

인간의 천성에는 한계가 있네. 즐거움이나 슬픔, 고통은 어느 정도까지만 감당할 수 있어서 그 정도를 넘으면 곧 파멸해버리지.

누가 강하냐 약하냐가 중요한 것이 아니라, 정신적이나 육체적으로 자신의 한계를 지켜낼 수 있는가가 중요한 것이네. 나는 지독한 열병으로 죽어버린 사람을 '비겁한 자'라고 부르는 걸 들어본 적이 없네. 마찬가지로 스스로 자기 생명을 끊는 사람을 비겁하다고 치부하는 것도 이상한 일이야."

"역설이네! 말도 안 되는 역설이야!" 하고 알베르트가 소리쳤네.

"자네가 생각하는 것처럼 그렇게 심한 건 아닐세. 회복 불가능할 만큼 천성과 기력을 손상시키고, 생명의 기운이 다시 돌게 하는 행운 같은 변화조차 무력하게 만드는 질병을 죽음에 이르는 병이라고 부르는 건 자네도 인정하겠지.

여보게, 그걸 정신에 적용해보세. 구속받는 인간을 생각해보게. 인상들이 작용하고 이념들이 굳어지면서 냉정한 판단 능력을 빼앗겨 파멸에 이르지.

분별 있는 인간이 담담하게 이 불행한 인간의 상태를 꿰뚫어본다 해도 소용없는 일이지. 병자의 침대 곁에서 건강한 사람이 서서 자신의 힘을 나누어주려 해도 불가능한 것과 마찬가지야."

이런 이야기는 알베르트에게 너무 일반적이지. 얼마 전 익사체로 발견된 한 소녀를 떠올리며 그 얘기를 다시 들려주었네.

"마음씨 착한 어린 소녀가 살았지. 집안일을 돌보고 한 주일마다 정해놓은 일을 마치며 단순하게 자랐고 일요일이면 조금씩 돈을 아껴 마련한 나들이옷을 입고 친구들과 함께 교외로 산보를 다녔지. 가끔씩 떠들썩한 축제가 열리면 춤을 추기도 했겠지. 다툼이 왜 벌어졌는지, 어떤 추악한 소문이 돌고 있는지, 이웃 여자와 몇 시간씩 흥분해서 열을 올리며 지껄이는 것 말고는 재미를 느끼거나 기대하는 일도 없었지. 그녀의 열정이 드디어 마음속 깊은 곳에서 욕망을 느끼게 되었네. 욕망은 남자들이 꼬드기는 바람에 더욱 커졌지. 그러더니 예전의 즐거움에는 더 이상 재미를 느끼지 못했고 결국 한 남자를 만나게 되었네.

소녀는 그때까지 알지 못했던 감정 때문에 그 남자에게 점점 더 끌리게 되지. 소녀는 이제 그에게 모든 희망을 걸고 주변 세계에는 무관심해졌지. 소중한 단 한 사람, 그 외에는 어떤 것도 듣지 못하고 보지도 느끼지도 못하네. 그만을, 유일한 사람인 그만을 그리워했네. 헛된 허영심이 안겨주는 공허한 만족감으로 상처받은 적이 없기에, 소녀는 맹목적으로 그를 동경하기에만 바빴지. 소녀는 그의 아내가 되고 싶었네. 그와의 영원한 결합 속에서 자신에게 부족했던 행복을 발견하고 지금까지 그리워하기만 하던 모든 즐거움을 한꺼번에 누려보려 했네. 모든 희망이 확신시켜주는 약속이 되풀이되고, 대담한 애무로 소녀의 욕망은 커져만 가지. 이런 것들이 소녀의 영혼을 사로잡아버린 거야. 소녀의 의식은 점점 멍해지고 앞으로의 기쁨을 예상하며 그저 들떠 있었지. 소녀는 너무나 흥분하여 결국 두 팔을 뻗어 모든 욕망을 움켜쥐려고 했지만 사랑하는 남자는 소녀를 떠나고 말았네.

정신을 잃은 채 소녀는 절벽 앞에 선다네. 암흑이 소녀를 둘러싸고 아무런 기대나 위로도 예감할 수 없네. 그의 품속에서만 자신이 존재한다고 느꼈는데 그런 그가 떠나버렸네. 소녀는 자기 앞에 펼쳐진 넓은 세계를 볼 수가 없네. 상실감을 채워줄 많은 것들을 더 이상 보지 못하네. 세상이 자기를 버렸고 완전히 혼자라고 느끼네. 아무것도 보지 못하고, 마음은 견디기 힘든 위험에 휩싸여 자신을 둘러싼 죽음에서 모든 고통을 없애기 위해 절벽 아래로 떨어져 버렸다네. 알베르트, 이건 많은 사람들에게 일어날 수 있는 이야기라네. 병에 걸린 것과 같은 경우가 아닌가? 천성이라는 건 혼란스럽고 모순된 힘으로 가득 찬 미궁에서 빠져나갈 길을 찾을 수가 없네. 그런 인간은 죽어야만 하네.

이런 것을 무시하고 '어리석은 여자 같으니라고. 기다리면 시간이 해결해줄 일인데. 위로해줄 다른 남자도 만날 수 있을 텐데' 하고 말하는 사람이 있다면, 그런 자들은 저주받을지어다.

'바보 같으니라고! 열병으로 죽다니! 회복될 때까지 기다렸다면 피돌기도 훨씬 나아졌을 텐데. 모든 게 정상이 되어 지금까지 잘 살고 있을 텐데' 하고 말하는 것이나 다름없네."

이러한 비유에도 알베르트는 몇몇 이의를 제기했네. 나는 다만 무지한 계집아이에 대해서 이야기했을 뿐인데, 편협하지 않고 여러 사정을 폭넓게 들여다볼 수 있는 이성적인 사람이라면 뭐라고 변명할지 모를 일이라 하더군.

나는 외쳤네.

"여보게 친구, 인간은 다만 인간일 뿐이라네. 고뇌에 가득 차 인간의 한계에 부딪쳤을 때 약간의 분별심 같은 것은 조금도, 아니 전혀 중요하지 않네. 다음에 다시 이야기하세."

나는 모자를 움켜쥐었네. 아, 마음이 벅차올랐네. 그렇게 우리는 서로를 이해하지 못한 채 헤어지고 말았지. 이 세상에서 그 누구도 다른 사람을 쉽게 이해하지 못한다네.

8월 15일

이 세상에 사랑만큼 인간에게 필요한 것은 없다네. 확실한 사실이지. 로테를 보면 나를 놓치고 싶어 하지 않는다는 걸 느낄 수 있네. 아이들도 내일이 오면 다시 내가 오리라는 생각뿐이야. 오늘은 로테의 피아노를 조율해주러 갔지만 그럴 수가 없었어. 아이들이 옛날이야기를 해달라고 졸라대 로테도 아이들의 소원대로 해주라더군. 난 아이들에게 저녁 빵을 잘라주었네. 나를 로테처럼 여기고 이제 나한테서도 빵을 받는다네. 수많은 손들에게 시중을 받은 공주 이야기*를 들려주었네. 내가 제일 잘할 줄 아는 이야기지. 이야기를 해주며 배우는 것이 많다네. 아이들이 어떤 인상을 받았는지를 보고 놀랐네. 가끔씩 어떤 부분들은 지어내기도 하는데 다시 들려줄 때 그 부

---

* 공주가 갇혀 굶고 있는 동안 수많은 손들이 천장에서 내려와 먹을 것을 전해주었다는 동화.(옮긴이)

분을 잊어버리면 아이들은 대번에 예전 이야기와는 다르다고 한다네. 그래서 이제는 이야기를 조금도 바꾸지 않고 노래 부르는 것처럼 똑같이 낭송하는 연습을 하고 있지. 작가가 이야기를 바꾸어 재판을 내놓으면 문학적으로는 나아질지 모르지만 결국 자신의 책을 해치고 만다는 것을 배우게 되었네. 첫인상은 우리를 들뜨게 해주지. 어떠한 모험이라도 말할 수 있다네. 인간은 그렇게 만들어져 있으니까. 그러나 그런 것은 금방 머릿속에 고착되지. 그걸 긁어 없애려 하거나 송두리째 갉아내려는 자들은 저주받을지어다.

8월 18일

정녕 그래야만 하는가? 인간을 행복하게 하던 것들이 다시 불행의 이유가 되어야만 하는 것일까?

싱그러운 자연을 보며 마음속에 따뜻하게 차올랐던 감정, 그토록 즐겁게 내 마음에 넘쳐났고 세계를 천상처럼 느끼도록 해주던 감정이 이제는 견딜 수 없게 나를 괴롭힌다네. 어딜 가나 나를 뒤쫓는 귀찮은 유령 같아.

예전에 바위에 올라 강과 언덕과 비옥한 계곡을 내려다보며 주변의 모든 것이 싹을 틔우고 자라는 것을 보았을 때, 먼 곳의 산이 발치부터 꼭대기에 이르기까지 큰 나무들로 뒤덮이고 구불구불 뻗은 저

산골짜기들에 사랑스러운 숲의 그늘이 드리워진 것을 보았을 때, 부드러운 냇물이 귓속말을 주고받는 갈대 사이를 미끄러지듯 흘러가며 저녁 산들바람에 흔들려 하늘에 떠 있는 아름다운 구름을 비출 때, 주변의 새들이 숲에 생기를 불어넣으며 지저귀는 소리를 들었을 때, 모기들이 지는 석양의 붉은 노을 속에서 신나게 춤추고 마지막 저녁 햇빛을 받아 윙윙대는 딱정벌레들이 풀숲을 빠져나올 때, 주변에서 윙윙거리고 뱅뱅 돌아가는 광경을 보고 내가 대지로 주의를 돌렸을 때, 내가 서 있는 바위에서 간신히 양분을 빨아대는 이끼와 메마른 모래언덕에 자라는 수풀이 반짝이는 성스러운 생명을 전해주었을 때, 이 모든 것을 따뜻한 마음으로 품고서 그 무한함에 빠져들었네.

영혼 속에서 끝없는 세계의 장관이 싱그럽게 움직이지. 거대한 산들이 나를 둘러싸고 내 앞에는 깊은 낭떠러지가 놓여 있네. 내 아래서는 시냇물이 솟구치고 숲과 산은 소리친다네. 헤아릴 수 없는 이 모든 힘들이 땅 아래 저 밑바닥에서 서로 작용하는 것을 보았지. 하늘 아래와 땅 위에 온갖 존재들이 넘쳐나고 각양각색으로 모여 산다네. 인간은 조그마한 집에서 안전하게 머무르며 자신의 판단에 따라 이 너른 세상을 지배하는 것이지! 어리석은 자여, 자신이 부족하기 때문에 모든 것을 하찮게 여기는구나!

다가가기 힘든 산에서부터 사람의 발길이 드문 황무지를 넘어 미지의 대양 끝에 이르기까지 영원한 창조자의 영혼이 닿아 있다네. 그는 자신을 알고 살아가는 자라면 먼지라 할지라도 반가워하지. 아아! 그때 나는 머리 위를 날아가는 학의 날개를 빌려 헤아릴 수 없이 넓은 저 바다의 끝에 다다르기를 얼마나 원했던가. 끝없는 바다가 출렁이는 술잔으로 생명의 즐거움을 마시려고 했고, 가슴 속의 제한된 힘을 통해 한순간이나마 자신 안에서, 자신을 통해 모든 것을 만들어내는 존재의 행복을 느껴보려 했다네.

형제여, 그 시간을 기억해내는 것만이 나를 행복하게 해준다네. 말로 다할 수 없는 그 감정을 다시 불러내려는 노력만이 내 영혼을 더욱 충만하게 해준다네. 하지만 나를 둘러싼 상황에 대한 불안이 배가되기도 한다네.

내 영혼을 가리고 있던 커튼이 걷힌 듯하네. 생명의 광활한 무대가 눈앞에서 묘지로 바뀌어버렸네. 자네라면 그것이 존재하는 것이라고 말할 수 있겠는가. 모든 것이 번개처럼 지나가 버리고, 존재의 완전한 힘이 지속되는 일은 드물다네. 아, 그것은 재빠른 소용돌이에 휩쓸려 물속으로 가라앉고 바위에 부딪쳐 부서지지 않는가. 자네 자신과 주변의 친한 사람들마저 갉아먹지 않는 순간은 한순간도 없네. 또한 자네가 파괴자이며 파괴자가 아닌 순간은 없다네. 악의 없이 거니는 것도 수많은 가련한 벌레들을 짓밟고 말지. 개미가 애써 지은 집도 발걸음에 짓이겨지고 가련한 한 세계가 짓밟혀 무참한 묘지가 되어버린다네.

세상에 드문드문 일어나는 천재지변이 내 마음을 뒤흔들지는 않네. 마을을 휩쓸어버리는 홍수도, 도시를 집어삼키는 지진도 아니라네. 내 마음을 송두리째 뒤엎는 것은 이 대자연 속에 숨어서 갉아먹어 들어가는 힘이야. 이 힘은 이웃과 자신마저도 파괴시키고 말지. 그리하여 하늘과 땅과 또한 그들의 여러 가지 힘을 바라보며 불안해하며 비틀거리는 것이라네. 내 눈에는 오로지 계속해서 집어삼키고 반추하는 괴물만이 보인다네.

8월 21일

아침에 괴로운 꿈에서 깨어나면 나는 그녀에게 헛되이 팔을 뻗어 본다네. 목장에 그녀와 나란히 앉아 그녀의 손을 잡고 하염없이 입을 맞추는 행복하고 순진한 꿈에 속고부터 밤마다 침대에 누워 헛되이 그녀를 찾는다네. 아, 그리고 잠결에 뒤척이며 그녀를 찾기 위해 더듬다 정신이 들 때면 억눌린 마음에 눈물을 쏟게 된다네. 그리고 아무런 위안도 없이 어두운 미래를 생각하며 다시 훌쩍이지.

8월 22일

참으로 불행한 일이야! 빌헬름, 난 활동이 줄어들고 불안하고 태만해졌네. 그렇지만 여유를 부릴 수도 없고 아무것도 하지 않을 수도 없네. 생각할 힘도, 자연에 대한 감정도 없다네. 책은 보기만 해도 구역질이 나네. 자신을 잃어버리면 모든 것이 부족하게 되지. 자네에게 맹세하건대, 아침에 눈을 뜨고 그날에 대한 예감, 욕망, 희망을 얻기 위해 품팔이꾼이 되려고 생각한 적도 있었다네. 서류에 묻혀 지내는 알베르트를 보면 가끔 부럽다는 생각이 든다네. 내가 알베르트라면 얼마나 좋을까 하고 상상해보기도 했지.

자네와 힘을 합해 장관에게 편지를 써서 공사관의 일자리를 구해볼까도 생각해보았네. 내가 거절당하지 않을 만한 자리라고 자네도 확신하지 않나. 나 역시 그렇게 믿고 있네. 장관은 오래전부터 나를 좋아했고 무슨 일이든 맡아보아야 한다고 계속 권해왔네. 가끔 그런 생각을 하면 기분이 좋아진다네. 그러나 다시 그런 생각을 하면, 자유에 질린 나머지 안장과 마구를 얹어달라고 하여 결국 죽을 때까지 사람을 태우고 달리게 되었다는 말에 대한 우화가 떠올라 어찌해야 좋을지 나도 모르겠네. 그러니 사랑하는 친구, 어딜 가나 따라다니는 마음속의 불쾌한 초조감은 아마도 상황이 변하기를 바라는 내 마음속의 동경이 아닐까?

8월 28일

내 병을 고칠 수 있는 것이라면 이 사람들이 고쳐줄 걸세. 확실히 그럴 걸세. 오늘은 내 생일이라네. 아침 일찍 알베르트로부터 소포 하나를 받았네. 펼쳐보니 분홍 리본이 눈에 들어오더군. 로테를 알게 되었을 때 그녀가 몸에 지니고 있던 것이어서 갖고 싶다고 여러 번 말했던 것일세. 또 사륙판의 책 두 권이 들어 있더군. 작은 크기의 웨트슈타인판 호메로스였네. 산책할 때 에르비스트판을 갖고 다니지 않으려고 원하던 것이었지.

자, 이걸 좀 보게나. 그들은 내가 원하는 것을 미리 알고서 이런 사소한 일에까지 친절을 베풀어준다네. 눈부신 선물보다도 이 친절함은 수천 배 더 값진 것이지. 눈부신 선물을 받으면 베푸는 사람의 허영심 때문에 오히려 굴욕감을 느끼게 되는 법이지. 나는 리본에 수없이 입을 맞추었네. 다시 돌아오지 않을 지난 며칠은 행복한 추억으로 가득 차 있었네. 입을 맞출 때마다 그 추억을 들이마셨네.

빌헬름, 매사에 이런 식이라네. 하지만 내가 불평하는 건 아니야. 꽃과 같은 인생이란 환상에 지나지 않는 것이지. 얼마나 많은 꽃들이 흔적도 없이 시들어버리는가. 열매를 맺는 꽃은 얼마나 드물며 또한 열매가 무르익기까지 또 얼마나 힘든가! 그렇지만 열매는 충분하다네. 그렇지만, 아아, 나의 형제여! 잘 익은 열매를 못 본 척 지나쳐 썩게 버려둘 수 있겠는가?

잘 있게. 시원한 여름이야. 종종 로테 집의 과수원에서 긴 장대를 손에 들고 나무에 올라가 나무 끝의 배를 딴다네. 로테는 아래에 서 있다가 내가 떨어뜨려주면 그것을 받곤 하지.

8월 30일

가련한 인간 같으니! 너는 바보가 아니냐? 자신을 속이고 있구나. 미쳐 날뛰는 열정은 도대체 어쩌자는 것이냐? 내 기도는 오로지 그녀를 위한 것뿐이다. 내 상상 또한 오로지 그녀의 모습뿐이다. 나를 둘러싼 세계 속의 모든 것들이 오직 그녀와 연관된 것으로 보일 뿐이다. 그러면 난 행복한 시간을 누릴 수 있다. 결국에는 그녀와 헤어져야 하지만!

아아, 빌헬름! 내 마음이 계속 나를 조여 오는 건 왜일까! 두세 시간씩 그녀 옆에 앉아 있으며, 그 모습과 몸짓, 숭고한 말에 즐거워할 때, 모든 감각이 점점 긴장해 앞이 보이지 않고 소리도 들리지 않아 마치 암살자에게 목이 졸리는 듯하고, 가슴이 쿵쾅대고 숨을 돌려보려고 하지만 감각은 더욱 혼란스러워질 때, 빌헬름, 나는 가끔 내가 이 세상에 살고 있는지 아닌지조차 의식하지 못할 때가 있다네! 그리고 종종 슬픔을 이기지 못할 때, 그녀의 손에 얼굴을 묻고 한바탕 울고서 슬픔을 달래고자 해도 그 가련한 위안마저 로테가 허용하지 않을 때, 그러면 나는 밖으로 뛰쳐나가는 수밖에 없네! 그리고 벌판 먼 곳까지 이리저리 헤맨다네. 그런 때에는 험한 산에 올라 마음을 달랜다네. 숲 속을 헤쳐 길을 만들어 나아가기도 하고, 가시덤불을 헤치다가 찢기기도 하는 것이 오히려 위안이 된다네. 그러면 기분이 나아진다네! 약간일 뿐이지만. 때로는 지치고 목이 말라 눕기도 하고, 머리 위에 보름달이 떠 있는 한밤중에 상처투성이가 된 발을 쉬게 하려고 적막한 숲의 구부러진 나무에 걸터앉아 있다 보면 어스름한 달빛 아래에 선잠이 들기도 하지. 아아, 빌헬름! 외로운 고행자의 방, 뻣뻣한 참회자의 옷, 가시 돋친 허리띠 같은 것들이 내가 그토록 원하는 청량제라네. 잘 있게. 이 비참함이 끝나는 곳은 무덤밖에 없을 것 같아.

9월 3일

나는 떠나야겠네! 빌헬름, 자네가 나의 흔들리는 결심을 바로잡아줘서 고맙네. 이미 이 주 전부터 그녀의 곁을 떠날 생각을 하고 있었네. 나는 떠나야 해. 그녀는 시내의 친구 집에 가 있네. 알베르트는 여기에 남아 있을 테고. 나는 떠나야지!

9월 10일

평소와는 다른 밤이었네. 빌헬름! 지금 나는 모든 것을 견디고 있네. 다시는 그녀를 만나지 않을 걸세! 아아, 나의 친구여! 내 마음에 밀어닥친 이 감정을 자네에게 매달려 황홀한 눈물을 흘리며 표현할 수 없다니! 나는 여기 앉아 들뜬 호흡과 마음을 진정시키려 애쓰며 아침이 되기를 기다린다네. 해가 뜨면 마차가 올 걸세.

아아, 다시 나를 만나지 못하리라고는 꿈도 꾸지 못한 채 그녀는 고이 잠들어 있겠지. 나는 뿌리치며 나왔네. 두 시간이나 이야기를 하면서도 내 마음을 들키지 않으려 무척이나 애썼네. 정말 기가 막힌 대화였네!

알베르트는 저녁식사가 끝나는 대로 로테와 함께 정원으로 나오겠다고 말했지. 나는 큰 밤나무가 드리워진 테라스에 서서 마지막으로 정든 계곡과 고요히 흐르는 강 너머로 저물어가는 태양을 바라보았네. 돌이켜 생각해보면 그녀와 함께 이곳에서 자주 이 광경을 바라보곤 했네. 그러나 이제…… 나는 좋아했던 숲길을 이리저리 거닐었지. 로테를 알기 전에 은밀한 감정이 나를 이곳으로 이끌었네. 그녀를 알게 되었을 때 이 아담한 곳을 둘 다 좋아한다는 걸 알고 무척 기뻐했지. 예술적이면서도 낭만적인 장소거든.

밤나무 사이로 먼 곳을 내다볼 수 있지. 아아, 벌써 여러 번 편지에 써 보낸 것이 기억나는군. 울창한 너도밤나무 숲에 둘러싸여 숲길은 어둠에 휩싸이고 그 끝은 사방이 막혀 있다네. 그곳은 섬뜩한 적막에 휩싸여 있지. 처음 그곳에 들어섰을 때 느낀 그 은밀함을 아직도 느낄 수 있네. 앞으로 그곳이 기쁨과 고통의 무대가 될 것을 어렴풋이 예감했네. 삼십 분쯤 이별과 재회의 애달프면서도 달콤한 상념에 빠져들었네. 그때 테라스로 올라오는 그들의 발소리가 들렸지.

달려가 그들을 맞이하고 떨면서 그녀의 손에 입을 맞추었네. 테라스로 가자 때맞추어 수풀이 우거진 언덕 뒤에서 달이 떠올랐지. 이런저런 이야기를 나누며 어둠침침한 정자로 다가갔다네. 로테가 들어가 자리에 앉았네. 알베르트가 그녀 옆에 앉고 나도 앉았네. 나는 마음이 불안해 계속 앉아 있을 수가 없어 일어나 그녀 앞으로 가서 이리저리 거닐다 다시 자리에 앉았네. 로테는 아름다운 달빛을 가리켰지. 달은 밤나무 숲의 한쪽 끝에 걸려 눈앞의 테라스를 가득 비추고 있었네. 멋진 광경이었네. 주변은 짙은 어둠에 휩싸여 더욱 돋보였네. 아무 말도 하지 않았네. 잠시 후 그녀가 말문을 열었지.

"달빛 아래 산책을 하면 언제나 돌아가신 분들을 생각하게 되더군요. 죽음이나 미래에 대한 감정에 휩쓸리지 않는 때가 없지요. 우리는 저세상에서도 존재하게 될 거예요!"

로테는 감탄하여 아름다운 목소리로 말을 이어갔지.

"하지만 베르테르 씨, 저세상에 가서도 다시 만나게 될까요? 만나면 서로 알아볼 수 있을까요? 어떻게 생각하세요? 어떤 말을 하실 수 있나요?"

"로테 양."

나는 그녀에게 손을 내밀며 말했지. 내 눈에는 눈물이 고였네.

"우리는 다시 만날 겁니다. 이 세상에서도 저세상에서도 다시 만날 겁니다!"

나는 말을 더 이을 수가 없었네. 빌헬름! 마음속에 고통스러운 이

별을 감추고 있을 때 그녀는 내게 그렇게 물어야만 했단 말인가!

"떠나가신 그리운 그분들은 우리들의 일을 알고 계실까요? 평온하게 살지만 따뜻한 마음으로 그분들을 잊지 않고 있다는 것을 느낄까요? 아아, 어머니가 낳은 아이들, 아니, 나의 아이들 사이에 앉아 아이들이 어머니를 둘러싸듯 나를 둘러싸고 있을 때면 언제나 어머니의 모습이 떠오릅니다. 그리움에 눈물을 흘리며 하늘을 바라보고서 '아이들의 어머니로 살겠다고 임종 순간의 맹세를 잘 지키는지 잠시라도 좋으니 보아주세요' 하고 기도합니다. 그러고 나면 감정에 북받쳐 소리치게 되지요.

'어머니, 어머니만큼 제가 아이들을 잘 돌보지 못하더라도 저를 용서해주세요. 아아, 저로서는 최선을 다하고 있어요. 옷을 입히고 밥을 먹이며 소중히 살피고 사랑해주지요. 화목하게 지내는 우리들을 보실 수 있으면 좋겠어요. 그리운 어머니, 거룩하신 어머니, 당신은 하나님께 감사드리실 거예요. 아이들의 행복을 위해 마지막 순간에도 아파하며 눈물로 기도했던 것처럼.'"

로테가 그렇게 말했다네! 아아, 빌헬름, 어느 누가 그녀의 말을 따라 할 수 있겠는가! 이 갸륵한 마음을 차갑게 죽어 있는 문자로 어찌 표현할 수 있겠는가!

그때 알베르트가 말을 가로막았네.

"지나치게 흥분한 것 같군요, 로테 양! 그 생각에 빠져 있다는 건 알지만 제발 부탁해요."

"아아, 알베르트 씨. 아버지께서 여행 가시고 나서 아이들을 재우고 둥근 탁자에 앉아 있던 저녁때를 잊지 않았겠지요. 당신은 좋은 책을 가지고서도 여간해서는 읽어주지 않으셨죠. 인자하신 어머니와 나눈 대화가 무엇보다 좋은 일 아니었나요. 아름답고 상냥하고 쾌활하면서도 언제나 부지런한 분이었지요! 가끔 침대에서 어머니 같은 사람이 되도록 해달라고 기도드리며 울던 것을 하나님은 알고 계실 거예요."

"로테 양!"

나는 소리치며 그녀에게 몸을 던져 손을 잡고서 눈물을 펑펑 흘렸다네.

"로테 양, 하나님의 축복이 있기를. 또한 당신 어머니의 영혼에도!"

"당신이 어머니를 아셨더라면 좋았을 것을…… 당신이 알아둘 만한 가치가 충분한 분이었지요!"

그녀는 내 손을 꼭 잡으면서 말했지. 숨이 막힐 것만 같았네. 이보다 더 영광스러운 말은 일찍이 들어보지 못했네.

그녀가 계속 말했네.

"막내아들이 육 개월도 되기 전에 한창 나이로 돌아가셨어요. 오래 앓지 않으시고 편안히 하나님께 몸을 맡기셨지요. 다만 아이들이 마음에 걸렸던 거예요. 특히 갓난아이 때문에 마음 아파하셨지요. 임종이 다가오자 어머니는 저에게 아이들을 데리고 오라고 하셨어요. 저는 아무것도 모르는 꼬맹이들과 당황한 큰 아이들을 데리고 갔지요. 아이들은 침대를 빙 둘러쌌고 어머니는 손을 치켜들고 아이들을 위해 기도하고 나서 차례로 입을 맞추셨어요. 그러고는 저에게 아이들의 엄마가 되어달라고 말씀하셨어요. 저는 어머니의 손을 잡고 그러겠다고 다짐했고요.

어머니가 말씀하셨지요. '네가 약속한 것은 어려운 일이다, 아가야. 어머니의 마음과 눈을 가져야 해. 네가 흘리는 감사의 눈물을 보며 네가 그 일이 무엇인지 알고 있다고 여러 번 생각했다. 동생들에게는 어머니로, 아버지에게는 정숙한 아내로 위로하며 살거라.' 어머니는 아버지가 어디 계시냐고 물었지요. 아버지는 견딜 수 없는 슬픔을 감추려고 밖에 나가 계셨어요. 아버지는 좌절하셨지요.

알베르트 씨, 그때 방 안에 계셨지요. 어머니는 누구냐고 물으시더니 당신을 불러오라고 말씀하셨어요. 그러고는 우리들의 행복을 믿게 되신 듯 편안한 눈으로 살펴보셨지요."

알베르트는 로테의 목을 끌어안고 입을 맞추었네.

"우리는 행복합니다! 앞으로도 그럴 거예요!"

냉정한 알베르트마저 침착함을 잃어버렸지. 나도 어찌할 바를 모를 정도였네.

"베르테르 씨, 그런 분이 돌아가셔야 했다니! 아아, 인생에서 가장 사랑한 사람을 잃어야 하다니요! 누구보다 아이들이 못 견뎌 했어요. 나쁜 남자들이 엄마를 데려가 버렸다며 아이들은 오랫동안 슬퍼했어요!"

그녀가 일어서는 바람에 나는 깜짝 놀라 그녀의 손을 잡았지.

"늦었으니 이제 그만 가지요."

그녀가 말했네. 그녀는 손을 빼려 했지만 나는 더욱 움켜쥐었네.

"우린 다시 만나게 될 겁니다. 꼭 서로를 알아볼 수 있을 겁니다. 어떤 모습을 하고 있더라도 알아볼 수 있을 거예요. 이제 그만 가겠습니다. 나는 기꺼이 가겠습니다. 그러나 영원히 떠난다고 한다면 견디기 힘들겠지요. 안녕, 로테 양! 안녕, 알베르트! 우리는 다시 만나게 될 거예요."

내가 말했지.

"내일이면 보게 되겠지요."

로테가 장난하듯 말했네. 내일이라는 말이 가슴 아프더군. 아아, 그녀는 내 마음을 알지도 못하고서 손을 잡아 뺐네. 그들은 가로수 길을 걸어갔네. 달빛 아래에서 멀어지는 그들의 뒷모습을 바라보며 인사를 건넸네. 땅에 쓰러져 누워 한바탕 울고는 다시 일어나 테라스 위로 달려갔네. 로테가 문을 향해 걸어가는 동안 그녀의 빛나는 하얀 옷이 보리수 그늘 속에서 희미하게 보였네. 팔을 내밀어 보았지만 그 모습은 곧 사라져버렸네.

제2부

1771년 10월 20일

우리는 어제 이곳으로 왔다네. 공사는 건강이 좋지 않아서 며칠 쉴 걸세. 그가 불친절하지만 않으면 모든 일이 순탄하게 풀릴 텐데. 운명이 나에게 혹독한 시련을 준비해놓았다는 건 나도 잘 알고 있다네. 정말 잘 알고 있지. 그러나 용기를 갖자! 유쾌하게 지내다 보면 모든 것을 참아낼 수 있네. 유쾌하다? 어떻게 그런 말을 적어나가고 있는지 생각하면 우스워진다네. 아아, 내가 조금이라도 유쾌한 성격이었더라면 세상에서 가장 행복해질 수도 있을 텐데.

도대체 이게 뭐란 말인가! 부족한 힘과 능력을 가지고도 자만과 자기만족에 빠져 거들먹거리는 사람들도 있건만 왜 나만 힘과 재능에 절망하고 있을까? 내게 모든 것을 베풀어주신 하나님, 그중 절반은 아껴두시고 대신 자신에 대한 신뢰와 만족을 주셨더라면 좋았으련만!

인내, 그래 인내해야 한다네! 차차 나아지겠지. 여보게, 자네 말이 맞더군. 매일 사람들 사이에서 이리저리 쫓기며 그들이 일하는 것을 보면서 나는 스스로 좋은 감정을 갖게 되었네. 확실히 우리는 모든 것을 비교하게 되어 있네. 그래서 행복이나 불행은 결국 우리를 누구와 비교하느냐에 달려 있지. 그러니 고독보다 위험한 것은 없다네. 천성과 문학적인 환상적 이미지들을 따라 우리는 스스로를 더 나은 존재로 상상하곤 하지. 다른 사람이 우리보다 훌륭하고 완전해 보인다면, 나를 여러 다른 존재로 상상하게 되는 것이야. 아주 자연스러운 일이지. 우리는 자신의 부족함을 자주 느낀다네. 그런데 우리에게 부족한 것을 다른 사람이 가지고 있다고 생각하는 경우가 적지 않단 말이야. 우리가 가지고 있는 것마저 그 사람에게 주어버리고, 그 사람은 이상적인 삶의 즐거움마저 누리고 있다고 생각해 버리지. 그렇게 행복한 인간이 완성되지만 그건 만들어낸 것에 불과하네.

아무리 보잘것없고 힘들다 해도 계속해서 앞으로 나아가기만 한다면 우왕좌왕한다 해도 주위 사람들이 돛을 달고 노를 저어가는 것도 앞지를 수 있다는 것을 깨달을 수 있다네. 그렇게 다른 사람과 나란히 가든가, 앞질러 갈 때 비로소 참다운 감정이 생겨나는 것이지.

11월 26일

지금은 이곳에서 그럭저럭 지낼 만하다네. 할 일이 있다는 게 무엇보다 다행스럽네. 사람들의 여러 가지 새로운 모습들이 내 앞에 다채로운 연극을 펼쳐 보이고 있네.

날마다 존경심이 우러나게 하는 C 백작이라는 인물을 알게 되었네. 마음이 넓은 사람이야. 식견이 높은 데도 쌀쌀맞지 않다네. 그를 사귀면 사귈수록 우정과 애정에 대한 감수성이 풍부하다는 것을 알 수 있네. 그와 관계된 용무를 처리하고부터 그가 나에게 관심을 갖게 되었다네. 그는 우리가 서로를 잘 이해하며 나와 말이 잘 통할 수 있다는 것을 처음 몇 마디 말을 나누고부터 알아차린 모양이야. 나에게 마음을 열어준 것에 대해 아무리 칭찬해도 부족할 정도라네. 다른 사람과 솔직한 마음을 나눌 수 있는 훌륭한 마음씨를 느낀다는 건 세상에서 가장 진실하고 따뜻한 기쁨이라네.

12월 24일

예상했던 대로 공사는 대단히 불쾌하고 세상에 둘도 없이 꽉 막혔다네. 노처녀처럼 까탈을 부리며 일일이 따지지. 만족이라는 걸 모르는 사람이라 누가 무슨 일을 해도 좋게 생각하지 않는다네. 내가 일을 후다닥 해치우고 팽개쳐두면 그는 종종 서류를 돌려주며 이렇게 말한다네.

"괜찮기는 한데 다시 살펴보게나. 좀 더 적합한 말이 분명 있을 테니."

그런 말을 들으면 나는 미칠 것 같네. '그리고' 같은 접속사 하나라도 빠뜨리면 안 된다고 하지. 나도 모르게 문장의 순서라도 바꾸어놓으면 그는 불같이 화를 낸다네. 의례적인 어법에 맞추지 않으면 그는 문장을 영 이해하지 못한다네. 이런 사람을 상대해야 하다니 마음이 괴롭기 짝이 없네.

그나마 C 백작이 나를 믿어주는 것이 이 괴로움의 유일한 보상일세. 며칠 전 백작은 아주 솔직하게 공사의 느릿느릿한 성격이 마음에 들지 않는다고 하더군. 공사 같은 사람은 자신이나 남을 모두 불편하게 만든다고.

C 백작이 말하더군.

"하지만 산을 넘는 것처럼 체념해야지. 물론 산이 가로막고 있지 않다면 길은 지나기 수월하겠지만 산이 있는 이상 어떻게든 넘어야 하지 않나."

늙은 공사 나리도 백작이 자기보다 나를 더 좋아하는 걸 알아챈 모양일세. 그 때문에 화가 나서 틈만 나면 내게 백작의 욕을 해댄다네. 나는 반발하고 사정은 더욱 나빠진다네. 어제는 그가 나까지 뭉뚱그려 비아냥거리는 바람에 무척 화가 났네. 공사가 말하길, 백작은 세속적인 일은 신이 나서 능숙하게 처리하고 글도 제법 쓸 줄 알지만, 통속 작가가 흔히 그렇듯 기초적인 학식이 부족하다고 했네. 그러더니 "왜, 듣기 거북한가?" 하고 얼굴을 찌푸렸다네. 그따위 일은 아무렇지도 않네. 그런 생각과 행동을 보이는 사람을 난 무시하니까 대들어서 격하게 다투었네. 나는 백작이 인품으로 보나, 지식으로 보나, 존경받을 만한 사내라고 말했지. 나는 계속 말했네.

"그분만큼 성공적으로 사고의 폭을 넓혀 무수한 방향으로 뻗어나가게 하고, 거기에 효율적으로 일상생활을 영위해나가는 분을 뵌 적이 없습니다."

그러나 공사는 이런 말을 알아듣지도 못하지. 난 쓸데없는 말다툼으로 인해 생긴 분노를 참아내는 수고를 덜기 위해 그만 물러났네.

이렇게 된 데는 자네들도 책임이 있네. 자네들은 내게 멍에를 씌우고 활동하라 떠들어댔기 때문이야. 활동이라니! 감자를 심고 곡식을 팔기 위해 말을 타고 시내로 나가는 자가 나보다는 낫겠네. 그게 아니라면 여기에서 사슬에 묶인 노예로 배를 저으며 뼈가 으스러지도록 십 년은 더 일하겠네.

곁눈질하며 서로를 훔쳐보는 추잡한 사람들의 겉만 번지르르한 모습과 그 따분한 꼬락서니라니! 서로를 지배하려 들고, 단 한 발자국이라도 앞지르려 남을 감시하고 경계하지. 추잡하고 비참하고 가련하기 짝이 없는 꼴이라네. 여기 바로 그런 여자가 있네. 누구한테나 가문과 고향에 대해 떠벌리지. 그 여자를 처음 보는 사람은 누구나 별것 아닌 문벌이나 자기 고향의 명성을 대단하다는 듯 상상하지. 멍청한 일이야. 그런데 그 여자가 바로 이 근처에 사는 어느 서기의 딸이란 점이 더욱 가관인 것이야. 이렇게 야비하고 파렴치할 정도로 분별심 없는 사람들을 난 도무지 이해할 수 없단 말이야.

친구여, 정말이지 나는 다른 사람을 자기의 척도로 잰다는 것이 얼마나 어리석은 일인지를 날이 갈수록 더욱 명심하게 된다네.

내 일만도 바쁘고, 내 가슴도 이렇게 미칠 듯 설레고 있으니까. 아아, 남이 내 갈 길을 방해하지 않는다면 나도 그들이 가고 싶은 대로 가게 내버려두련만.

가장 불쾌한 것은 숙명적인 시민관계라네. 계급의 차이가 얼마나 필요한가, 그러한 차이가 나 자신에게도 얼마나 많은 이익이 되는가, 하는 점에 대해 물론 나 역시 다른 사람에 못지않게 잘 알고 있네. 다만 내가 이 지상에서 한 가닥 즐거움을, 한 줄기 행복을 느끼려는 찰나에 그런 것이 내 갈 길을 방해하다니.

얼마 전 산보를 하다가 B 양을 알게 되었네. 황량한 생활 가운데서도 타고난 천성을 그대로 간직한, 사랑스러운 여성이지. 대화를 나누다가 그녀를 좋아하게 허락해달라고 부탁했다네. 그녀가 대단히 솔직한 태도로 승낙해주었기 때문에 그 여자를 찾아갈 때를 느긋하게 기다릴 수 없을 정도였지. 그 여자는 이 고장 사람은 아니고 아주머니뻘 되는 친척 집에 살고 있다네. 그 집의 안주인은 인상이 마음에 들지 않았네. 하지만 그 노인에게 신경을 많이 쓰는 편이라 주로 노인에 대해 이야기했네. 삼십 분도 지나지 않아 그 노인의 인품을 대충 알아챘지. 나중에 B 양이 내게 말해준 내용과도 들어맞더군.

그 아주머니란 사람은 그 나이에 누릴 만한 모든 것이 모자라고, 이렇다 할 재산도 없으며, 다만 지금의 신분 이외에는 기댈 곳도 없다네. 이 층에서 지나다니는 사람들의 머리를 내려다보는 것 말고는 딱히 낙이 될 만한 일도 없다고 하더군. 젊었을 때는 미인이었다는데 평생 놀면서 어영부영 지냈고, 외고집이라서 불쌍한 청년 여럿 괴롭혔지. 나이가 들어서는 어느 늙은 장교에게 의탁해 숨죽여 살아왔다더군. 장교는 그 대가로 상당한 생활비를 대주고 사십대 시절 동안 그 여자와 살다가 죽었다네. 여자는 오십대에 혼자 몸이 되었는데, 조카딸이 이처럼 상냥하지 않았다면 아무도 돌봐주지 않았을 거라는군.

1772년 1월 8일

형식적인 것에만 신경을 쏟고, 연회석상의 윗자리를 차지하려고 오랜 세월 온갖 노력을 기울이는 자는 도대체 어떻게 생겨 먹은 것일까! 다른 할 일이 없는 것도 아니라네. 오히려 사소한 다툼 때문에 중요한 일을 진척시키지 못해 일거리를 쌓아두고 있지. 지난주에 썰매를 탈 때에도 시비가 벌어져 모처럼의 놀이를 망쳐버리고 말았다네.

원래 자리 같은 것은 전혀 문제가 되지 않는다네. 윗자리를 차지한 사람이 제일가는 역할을 맡는 것은 아주 드문 일이야. 이 바보들은 그런 걸 모른다네! 왕들은 신하들에 의해, 또한 신하들은 비서에 의해 조종당하고 있지 않나! 그렇다면 일인자는 도대체 누구란 말인가? 다른 사람들을 살펴보고 자기의 계획을 실현하기 위해 그들의 힘과 정열을 한데 모을 만한 능력과 머리를 가진 사람이라고 생각한다네.

1월 20일

사랑하는 로테 양, 저는 당신에게 편지를 써야겠습니다. 혹독한 눈보라를 피해서 도망쳐온 누추한 시골 여인숙에서 말입니다. 침울한 보금자리 D 시에서 낯설고 어색한 사람들 사이에 있는 동안에는 편지를 쓸 마음의 여유가 없었습니다. 정말 전혀 없었답니다. 지금 이 고독 속에서, 눈보라와 우박이 창문에 미친 듯 휘몰아치는 이 옹색한 방 안에서 가장 먼저 생각난 것은 당신이었습니다. 이곳에 발을 들여놓자마자 내 마음을 엄습한 것은 당신의 모습과 당신에 대한 추억이었습니다. 아아, 로테 양! 그렇게도 성스럽고 따뜻한! 아아, 최초의 행복했던 순간이 다시 살아나더군요.

둘도 없이 훌륭한 당신, 허탈함에 떠도는 저를 당신이 보신다면!

감각은 송두리째 메말라버렸고 한순간도 마음 놓인 적이 없고 행복하지도 않답니다. 허무, 허무일 뿐! 마치 요지경 속을 들여다보고 있는 것 같군요. 조그마한 사람이나 말들이 돌아다니는 것을 보고 그런 것들이 내 눈의 착각은 아닌지 자문하는 형편이랍니다. 저도 함께 연극을 하는 것 같습니다. 아니, 오히려 꼭두각시 모양으로 노리개가 되는 것이죠. 저녁에는 달 뜨는 걸 즐겨보겠다고 결심하지만 침대에서 일어나지 않고, 낮에는 햇빛을 봐야지 했다가도 그대로 방 안에 틀어박혀 있는 형편이랍니다. 무엇 때문에 일어나고 무엇 때문에 자는지 모르겠습니다.

내 생명에 힘을 불어넣는 효모가 없어졌습니다. 한밤중에 내 마음을 힘차게 해주던 매력이 사라지고 아침마다 나를 잠에서 깨워주던 매력이 사라졌습니다.

여성이라고는 딱 한 사람을 여기서 알아냈습니다. B 양이라고 합니다. 당신과 꼭 같습니다. 사랑하는 로테 양, 당신에 견줄 만한 사람이 있다면 말이죠.

"아이 참, 겉치레 인사를 잘하시네요!" 하시겠지요. 전혀 그렇지 않다고도 할 수는 없습니다. 얼마 전부터 예의를 차리게 되었답니다. 달리 어떻게 할 수도 없고 해서지요. 위트도 풍부해졌고요. 부인들은 나만큼 멋지게 칭찬할 줄 아는 사람은 없다고들 합니다. 거짓말도 잘한다 하실지 모르겠군요. 거짓말이 없으면 모든 일이 원활하게 돌아가지 않으니까요. 아시겠지요? 저는 B 양에 대해서 얘기하려고 합니다. 심정이 풍부한 여인이지요. 그 여자의 눈을 보면 알 수 있습니다. 자기 신분이 사뭇 무거운 짐이 되고 있지만…… 신분이 마음의 소원을 이루어주지 못하기 때문이지요. 그 여자는 혼잡에서 빠져 나오기를 갈망하고 있습니다. 그래서 우리들은 몇 시간이고 전원 속을 거닐면서 순수한 행복을 꿈꾸며 지냅니다. 아— 그리고 당신에 대해서도! 그 여자는 몇 번이고 당신에게 경의를 표하지 않을 수 없었지요. 하지 않을 수 없다기보다는 자발적으로 그렇게 했습니다. 당신에 대한 이야기를 기꺼이 듣고 당신을 사랑하고 있답니다.

아, 그 정답고 아담한 방에서 당신의 발아래에 앉아 있으면 얼마나 좋겠습니까. 그리고 아이들이 내 곁에서 뛰어놀고, 너무 시끄럽게 떠들어 당신을 성가시게 하면 내가 무시무시한 이야기를 해서 내 곁에 조용히 모여 앉게 하고 싶습니다.

하얀 눈이 반짝이는 풍경 너머로 태양은 장려하게 저물어갑니다. 눈보라도 지나가 버렸습니다. 그러니 나는 또다시 나의 새장 안에 갇혀야 합니다. 안녕! 알베르트는 댁에 있는지요? 어떻게 지내시나요? 이렇게 물어보는 것을 용서하십시오.

2월 8일

일주일 전부터 날씨가 지독하다네. 나로서는 오히려 기분 좋은 일이야. 왜냐하면 이곳에 온 후부터 날씨가 좋으면 누군가가 내 좋은 기분을 망쳐버리거나 불쾌하게 만들었거든. 그래서 비가 심하게 오거나 눈보라가 치거나 서리가 내리거나 눈이 녹아내리면 집에 있어도 '밖에 나가는 것보다 나쁘지 않겠다. 오히려 잘됐다'고 생각한다네. 아침에 태양이 떠오르고 화창한 날씨가 예상되면 나는 '저 사람들이 하늘이 주신 선물을 또 갖게 되었으니 서로 다투겠구나!' 하고 외친다네. 그들은 언제나 다투지. 건강, 명성, 환락, 휴양! 모두가 그렇다네. 대부분 무지와 몰이해, 옹졸함에서 기인하지. 그들의 말을 들어보면 나름 잘 생각해서 한 짓이라는 것이네. 제발 미치광이 모양으로 자기의 창자를 휘저어 뒤집지 말라고 무릎이라도 꿇고 부탁하고 싶은 심정이라네.

2월 17일

공사와 나는 오래지 않아 서로 참아낼 수 없게 되지나 않을까 걱정된다네. 그를 조금도 견딜 수가 없네. 그가 일하는 꼴이나 사무를 처리하는 꼴이 우스꽝스럽기 짝이 없어 참다못해 그와는 반대로 내 생각과 방법대로 일을 처리하게 된다네. 그런 내가 한 번도 그의 마음에 들지 않았겠지. 그런 것이 원인이 되어 그는 최근 나의 일을 궁정에 호소했지. 실은 장관이 나의 책임을 가볍게 물었다네. 가볍다 해도 책임을 묻긴 물은 것이지. 그래서 내가 사직 생각을 하고 있을 때 마침 장관으로부터 편지 한 통을 받았다네.

나는 그 편지 앞에 무릎을 꿇고서 고귀하고 현명한 그 마음씨에 감탄하지 않을 수 없었네. 장관은 나의 행동이나 타인에 대한 영향력 또는 일하는 방식과 치밀한 태도 등에 대해서 너무 과민하다고 지적했네. 또한 내 생각이 지나치게 긴장되어 있긴 하지만 그것은 청년다운 훌륭한 것이므로 존중하겠으며, 나를 가로막으려는 생각은 없고 내가 진가를 발휘해 활기차게 활동할 수 있도록 인도해나갈 작정이라고 했네. 나도 일주일 동안 그 편지에 힘입어 마음의 안정을 얻게 되었네. 마음의 안정이란 다시없이 좋은 것이며 그 자체가 기쁨이지. 사랑하는 친구여, 이 아름답고 값진 보석이 부서지지 않았으면 좋겠네.

2월 20일

사랑하는 이들이여, 하나님이 당신들을 축복하고 내게서 가져가신 좋은 나날을 모두 당신들에게 돌려주시기를 기원합니다!

알베르트, 자네가 나를 속인 것에 감사한다네. 나는 자네들의 결혼식 소식이 오기를 기다리고 있었다네. 그리고 그날에는 로테의 실루엣을 엄숙하게 벽에서 떼어 다른 서류 사이에 끼워두기로 결심했지. 이제 자네들은 부부가 되었군. 그런데 로테의 그림은 아직도 여기에 걸려 있네! 이렇게 된 바에야 그대로 놓아두겠네! 그게 어째서 나쁘단 말인가? 나는 자네들과 함께 있다네. 자네에게 폐를 끼치지 않고도 로테의 마음속에 살아 있는 것이라네. 나는 로테의 마음속에서 두 번째 자리라도 차지하고 그것을 아껴둘 생각이라네. 또 그렇게 해야만 하네. 아, 만약 그녀가 나를 잊어버리기라도 한다면 나는 미쳐버릴 거야. 알베르트, 이런 생각은 지옥 같은 것이지. 알베르트, 잘 있게! 잘 있어요, 하늘의 천사! 잘 있어요, 로테 양!

3월 15일

불쾌한 일이 일어났네. 그래서 이곳을 곧 떠나게 될 것 같네. 마음이 쓰라리다! 제기랄! 마음을 되돌리기 힘들 만큼 불쾌한 일이라네. 이것도 모두 자네들 책임이야. 자네들이 마음에도 없는 자리에 나를 내몰고 괜찮다며 괴롭힌 셈이야! 결국 나도 자네들도 끝장이 나버린 거야. 내 과격한 생각이 모든 일을 망쳐버렸다는 말을 자네들이 두 번 다시 하지 않도록 기사를 쓰듯 사태의 전말을 있는 그대로 솔직하게 이야기하겠네.

예전에 말한 것처럼, C 백작은 나를 좋아하고 감싸준다네. 이미 여러 번 말한 사실이지. 어제 나는 식사에 초대받아 그분 댁에 갔었네. 마침 그날 저녁 신분이 높은 신사 숙녀들이 그분 댁에 모이게 되어 있었는데, 나는 그런 모임이라는 건 생각조차 못했고, 우리 같은 아랫사람이 참석할 수 없다는 것도 전혀 몰랐네. 하여간 나는 백작 댁에서 식사를 했다네. 식사를 마치고 큰 홀 안을 거닐며 그분과 이야기를 나누었네. 그곳에 왔던 B 대령과도 이야기를 나누었네. 그러던 중에 모임이 시작되었지. 난 전혀 예상도 못했던 것이라네.

인자한 S 부인이 남편과 함께 가슴이 납작하고 날씬한 코르셋을 입은, 마치 잘 부화된 거위새끼 같은 딸을 데리고 들어왔다네. 그들은 조상으로부터 물려받은 귀족스러운 눈짓을 하고 콧구멍을 벌름대며 지나갔지. 나는 그런 무리들이 너무나 싫었기 때문에 물러나려고 했지만 일단 백작의 부질없는 수다에서 벗어나기를 기다리고 있었다네. 그때 나의 B 양이 들어왔다네. 그녀를 보면 언제나 기분이 나아지므로 나는 자리에 머물러 있다가 그녀의 의자 뒤로 가 서 있었네. 한참 지나서야 그녀가 나와 이야기하는 태도가 평소와 다르게 솔직하지 못하고 어쩐지 난처해 보인다는 것을 눈치챘다네. 이상스럽더군. '저 여자도 결국 저자들과 다름없구나!' 나는 화가 치밀어 가버리려고 했지만 머물렀지. 그녀를 용서할 마음도 있었고, 그녀만 그럴 리가 없다는 생각도 들어 그녀의 친절한 말 한마디라도 듣고 싶었기 때문이지. 다른 것들은 자네의 상상에 맡겨두겠네.

그러던 중 여러 손님들이 들이닥쳤네. 프란츠 1세의 대관식 때부터 전해져 내려온 의상을 몸에 걸친 E 남작, 직책상 귀족과 대등한 칭호로 불리고 있는 궁중 고문관 R과 그의 귀머거리 부인도 왔지. 고대 프랑켄식 케케묵은 옷의 해진 구멍을 최신 유행의 옷감으로 덧대어 입은 남루한 J도 있었다네. 이런 작자들이 무더기로 몰려온 것이라네. 나는 아는 사람들 몇몇과 이야기를 나누었지만 모두가 말이 없었네. 홀로 생각에 잠겼다가 나의 B 양에게만 더욱 주의를 기울였네. 부인들은 한구석에서 소곤거렸고 그것이 남자들에게 전해졌고 마침내는 S 부인이 백작과 이야기했다네. 이런 것은 모두 나중에 B 양이 나에게 알려준 것이야. 난 그런 것을 눈치채지 못했지. 드디어 백작이 내 옆으로 성큼성큼 다가오더니 나를 창가로 데리고 가서 말했다네.

"우리 모임의 사정에 대해 자네도 알고 있겠지만 내가 보기에 자네가 여기 있다는 것이 여러 사람들에게 불만인 것 같군. 나는 결코 털끝만큼이라도……."

"각하, 정말 죄송합니다. 진작 거기까지 생각이 미쳤어야 했는데 죄송합니다. 각하께서는 이런 무례를 용서해주시리라고 생각합니다. 오래전부터 물러가려고 했지만 어쩌다 보니 유령에 홀린 듯 사로잡혀 있었습니다."

나는 허리를 굽히고 미소를 지으며 말했네. 백작은 고맙게도 나의 두 손을 꼭 잡더군. 그것이 모든 것을 말해주었네. 나는 귀족들이 모여 앉은 데서 살짝 빠져나와 마차에 올라타고 M으로 갔다네. 언덕 위에서 태양이 지는 광경을 바라보며 내가 좋아하는 호메로스를 펼치고 오디세우스가 돼지를 치는 착한 목동으로부터 흐뭇한 대접을 받는 대목을 읽었네. 구구절절이 훌륭하고 만족스러웠네.

저녁에 그곳으로 다시 돌아가 식사를 했네. 아직 객실에는 몇 사람 남아 구석에서 식탁보를 뒤집어놓고 주사위를 던지고 있었네. 그때 유쾌한 아델린이 들어와서는 모자를 벗어놓고 나를 바라보며 중얼거렸다네.

"망신을 당했다면서?"

"내가?"

"백작이 모임에서 자네를 쫓아냈다던데."

"모임 따위야 아무려면 어떻겠나! 밖으로 나갔더니 상쾌하더군."

"그런 일에 개의치 않는다니 다행이군. 하지만 이미 사방에 소문이 나돌고 있다네. 그건 불쾌한 일이지."

그런 말을 듣고 나니 화가 나더군. 식사하는 동안 날 쳐다보는 사람들이 그 때문이었다고 생각하니 분통이 터졌네. 그런 데다가 오늘은 가는 곳마다 사람들이 나를 안됐다는 듯이 바라보고 나를 시기하던 사람들은 득의양양해서는, 똑똑하다고 해서 우쭐해가지고 신분 따위는 상관치 않는 거만한 놈들이 어떤 꼴을 당하는지 보라고 외치며 온갖 험담을 늘어놓는 것을 듣게 되면, 정말이지 날카로운 칼이 가슴을 후비는 심정이라네. 의연하게 대처하라고 할 수 있겠지만, 사악한 사람들이 유리한 입장에 서서 이러쿵저러쿵 소문을 퍼뜨릴 때 그걸 참고 견딜 수 있는 사람이 과연 있을까 알아보고 싶은 지경이야. 아아, 그들의 험담에 전혀 근거가 없다면 개의치 않을 수 있을 텐데.

3월 16일

모든 것이 나를 궁지에 몰아넣고 성가시게 한다네. 오늘 가로수 길에서 B 양을 만났지. 나는 참을 수 없어 말을 건넸네. 같이 길을 걷던 사람들과 떨어지자 전날 그녀의 태도에 대해 불만을 터뜨렸지.

"아이 참, 베르테르 씨. 당신은 저의 속내를 잘 아실 줄 알았는데 제가 당황한 걸 그렇게 생각하신 건가요? 홀 안으로 들어선 순간부터 당신 때문에 얼마나 애태웠는지 몰라요. 저는 벌써부터 모든 걸 알고 있었지요. 상황을 당신에게 일러줄까 하고, 입속에서 계속 말이 맴돌았지요. S 부인이나 T 부인은 당신과 함께 있으니 차라리 남편들과 집으로 돌아갈 거라는 사실을 저는 알고 있었답니다. 그런데 그런 소란까지 벌어지다니."

그녀가 사뭇 친절한 말투로 말했네.

"뭐라고요?" 나는 놀라움을 억누르며 말했네. 그저께 아델린이 했던 말이 되살아나 그 순간 나의 피를 들끓게 했으니까.

"얼마나 난처했다고요!" 상냥한 그녀는 눈에 눈물까지 글썽이며 말했다. 나는 더 이상 참지 못하고 그녀의 발치에 몸을 내던질 뻔했다네.

"더 말씀해주시지요." 나는 소리쳤네.

그녀의 두 뺨에 눈물이 흘렀다네. 나는 이미 제정신이 아니었지. 그녀는 눈물을 참으려고 하지도 않고 닦아내며 말을 시작했네.

"저의 아주머니를 아시지요? 아주머니가 그 자리에 있었답니다. 아, 어떤 눈으로 보고 있었는지 아시나요? 베르테르 씨, 지난밤에 저는 그저 참고 있었어요. 오늘 아침에도 당신과 친하게 지내는 것에 대한 훈계의 말을 들어야 했답니다. 당신이 무시당하고 깎아내려지는 걸 그대로 들어야 했다고요. 마음속으로 생각한 절반만큼도 당신을 변호할 수 없었어요. 그런 게 허락되지도 않았고요."

그녀의 말 한마디 한마디가 칼로 내 가슴을 후벼 파는 것 같았네. 차라리 아무 말도 하지는 않는 것이 자비로웠을 텐데. 그 여자는 전혀 깨닫지 못하더군. 게다가 사람들이 앞으로도 어떤 소문을 신이 나서 퍼뜨리고 돌아다닐지 모르겠다고 하더군. 내 거만한 태도와 그녀가 오래전부터 나무랐던, 무시하는 태도가 대가를 치르게 된 것을 두고 사람들이 얼마나 고소해할지 모르겠다고 했네.

빌헬름, 진심으로 나를 동정하며 해주는 얘기를 듣고 나니 난 완전히 좌절했고 가슴이 터질 것만 같았네. 차라리 날 지독하게 비난하는 사람을 날카로운 칼로 찔러버렸으면 좋겠다는 생각이 들 정도였네. 피를 보면 기분이 나아지겠지. 아, 나는 꽉 막힌 가슴에 구멍을 뚫으려고 수도 없이 칼을 움켜쥐었네. 귀한 혈통의 말은 심하게 채찍질을 당해서 흥분하면 숨을 돌리기 위해 본능적으로 혈관을 물어

뜯는다더군. 그런 말처럼 나 역시 영원한 자유를 위해 혈관을 가르고 싶을 정도였다네.

3월 24일

궁정에 사직서를 냈네. 아마도 곧 수리되겠지. 이 문제에 대해 자네들에게 허락받지 않은 건 용서해주길 바라네. 아무래도 난 떠나야겠네. 자네들은 그냥 머물라고 하겠지. 아무쪼록 어머니에게 잘 말씀드려주게. 나를 다스릴 수 없는데 어머니를 위할 수는 없네. 어머니도 물론 가슴 아파하시겠지. 아들이 추밀고문관이나 공사가 되기 위해 앞으로 쭉 나가다가 갑자기 말을 몰고 외양간으로 되돌아오다니 말이야. 이렇게 되었으니 자네들 좋을 대로 생각해주게. 여러 가지 경우를 종합해 내가 유임할지도 모른다고 전해줘도 괜찮네. 하지만 나는 그만둘 걸세. 내가 어디로 갈지 알고 싶겠지. 이곳에 ○○공작이 나와 교제하는 것에 관심을 가지고 있네. 그분이 내 속마음을 듣고 자기와 함께 그의 장원으로 가서 화창한 봄을 지내자고 권했네. 무엇이든 마음 가는 대로 하면 된다고 약속해주었네. 서로 조금은 이해할 수 있는 사이니까 행운을 믿고 공작과 함께 가기로 했네.

4월 19일

편지 두 통은 고맙게 받았네. 궁정에서 사직에 대한 허가가 당도할 때까지 답장을 미뤄두었네. 어머니가 장관에게 사정이라도 해서 날 곤란하게나 하지 않을까 겁이 났기 때문이야. 하지만 이제 승인 허가가 떨어졌네. 내 사직을 사람들이 얼마나 꺼렸는지, 장관이 내게 뭐라고 써 보냈는지에 대해서는 말하고 싶지 않네. 그런 말을 해봤자 자네들은 새삼스레 안타까워할 테니. 황태자께서는 석별금이라는 명분으로 이십오 두카텐과 함께 눈물이 날 정도로 감동적인 말씀을 보내주셨네. 그러니 예전에 어머니께 편지로 부탁한 돈은 받을 필요가 없게 되었네.

5월 5일

내일 이곳을 떠난다네. 고향에서 겨우 십 킬로미터 거리이니 그곳에 들러 행복한 꿈속에서 지내던 예전을 돌이켜보려 하네. 아버지가 돌아가신 후 어머니는 그립고 정든 고장을 떠나 견디기 힘든 시내에서 웅크리고 살고 계시지. 어머니는 나와 함께 마차를 타고 성문을 빠져나왔네. 그때 그 성문을 지나 고향에 가볼 생각이네. 잘 있게, 여행에 대해 곧 전해주겠네.

5월 9일

순례자처럼 경건한 마음가짐을 하고서 나는 고향을 돌아보았네. 생각지 못했던 감회에 사로잡히곤 했네. S 시로 가던 중 시내에서 십오 분가량 떨어진 곳에 있는 큰 보리수 곁에 우편 마차를 세웠네. 걸어가면서 옛 기억을 하나하나 새롭고 생생하게 느껴보려고 마부는 먼저 보냈네. 그리고 보리수 아래에 서 있었지. 어린 시절, 내 산책의 목적지이자 한계선이었던 이 나무는 어찌 이리 변했을까! 그때 나는 철없이 행복해하며 미지의 세계를 그렸다네. 그곳에 가면 동경 속에 벅차오르던 내 마음을 채워줄 양식과 기쁨을 얻으리라 바랐었지.

지금은 먼 곳을 돌아왔다네. 아, 나의 친구여, 희망은 사라져버리고 계획들은 무참히 어그러졌네. 그토록 동경했던 산들이 내 앞에 가로놓여 있네. 저 먼 곳을 그리며 다정한 숲과 골짜기 속에서 흐뭇하게 몇 시간이고 앉아 있었지. 다시 떠나야 할 시간이 되었을 때 그곳을 겨우 떠났네. 시내로 다가가 예전에 봤던 정자들에게 일일이 인사를 건넸네. 새로 지은 정자는 마음에 들지 않았네. 변한 것은 죄다 마음에 들지 않더군.

성문을 지나서 시내로 들어가 보니 변하지 않은 나를 발견할 수 있었네. 친구여, 모든 것을 일일이 말하고 싶지는 않네. 아무리 신기한 일이라도 모조리 말해버리면 단조로워질 테니. 나는 우리가 살던 옛집 바로 옆에 있는 시장에 머물기로 했네. 거기로 가는 길에 교실이 잡화점으로 변해 있는 것을 보았네. 엄격한 노부인이 우리의 소년시절을 가두어놓았던 바로 그 교실 말일세. 그 동굴 속에서 참아내야 했던 불안, 눈물, 갑갑함, 번민들을 기억해냈네. 걸음걸음마다 이상한 생각이 들더군. 성지를 순례하는 사람도 종교적인 회상이 담긴 고적들을 이토록 많이 만나지는 못할 걸세. 또한 그의 마음에 이토록 신성한 감동이 넘치는 일도 드물 걸세.

한 가지만 더 말해주겠네. 개천을 따라 어느 저택으로 다가갔지. 예전에 내가 다니던 길이었네. 그곳에서 아이들과 납작한 돌로 물수제비를 뜨기도 했었지. 이따금씩 그곳을 바라보다 신기한 감정에 이끌려 물을 따라가며 그 물이 어떤 나라에 흘러가 닿을지 상상했던 때가 생생하게 떠오르더군. 하지만 상상은 곧 한계에 부닥치고 계속 걸을 수밖에 없었네. 결국 나 자신을 잊고 넋을 놓은 채 바라보고 있었지.

여보게, 그 옛날의 훌륭한 조상들은 제약 속에서도 행복했다네! 그들의 감정과 문학은 천진했지. 오디세우스가 이야기했던 무한한 바다와 끝없는 대지, 그러한 것들은 진실하고 인간답고 다정하며, 은근하고 신비로웠다네. 지금 학교 아이들과 어울려 지구는 둥글다고 흉내 내듯 말해봐야 무슨 소용이겠나? 인간이 세상에서 행복하게 지내기 위해서는 그저 자그마한 땅만 있으면 족하네. 지하에 잠들 때는 더욱더 작은 땅이면 족하지.

지금은 공작의 친구네 별장에 묵고 있네. 솔직하고 인간적인 공작과도 잘 지내고 있지. 그분의 주변에는 이해하기 힘든 괴짜들이 있네. 악하다는 생각은 들지 않지만 어쩐지 솔직해 보이지 않네. 때로는 솔직한 듯하지만 믿을 수가 없어. 공작은 듣고 읽은 것에 대해서만 곧잘 이야기해 매우 유감이라네. 게다가 다른 사람들이 그에게 말한 의견을 그대로 이야기한다네. 또한 내 마음보다 내 지성이나 재능을 높이 평가한다네. 하지만 내 마음이야말로 내세울 만한 것이고 모든 것, 모든 힘, 모든 행복, 모든 불행의 원천인 것을. 아, 내가 알고 있는 것은 누구나 알 수 있지만 내 마음은 오로지 나만이 간직한 것이지.

5월 25일

머릿속의 생각이 실현될 때까지는 자네들에게 아무 말도 하지 않으려 했네. 하지만 그게 아무 소용도 없게 된 지금은 어찌 되든 마찬가지라네. 난 참전하려고 했네. 그 문제가 오랫동안 마음을 괴롭혔지. 공작을 따라서 이곳에 온 것도 그 때문이었네. 공작은 ○○에서 근무하는 장군이라네. 산책하던 중 공작에게 내 속내를 밝혔네. 공작은 나더러 참전하지 말라고 충고하더군. 내 마음에는 열정보다 변덕이 도사리고 있었던 모양이야. 만약 열정이었더라면 그분이 꼽는 이유들에 귀 기울이지 않았을 테니.

6월 11일

뭐라고 말해도 좋네. 여기서 더 머물 수가 없네. 도대체 여기서 뭘 한단 말인가? 지루할 뿐이야. 공작은 정성껏 대접해주지만 내 마음은 편하지 않네. 우리에게는 공통점이 없네. 공작은 너무나 세속적인 지성인이라네. 그분과 사귀는 건 양서를 읽는 것 이상의 즐거움이 되지는 못한다네. 여기서 한 주일 더 머물다가 다시 방랑의 길을 떠나야지. 이곳에서 가장 보람 있었던 일은 그림을 그린 것이라네. 공작은 뛰어난 예술 감각을 지녔네. 현학적인 성격이나 세속적인 학술에 구애받지 않았더라면 더욱 예술을 강렬하게 느꼈을 텐데. 풍부한 상상력을 동원해 열정적으로 자연과 예술에 대해 이야기할 때 그는 고리타분한 말을 동원해 제대로 답했다고 생각한다네. 그럴 때마다 나는 이를 갈곤 하지.

6월 16일

그래, 난 그저 나그네일 뿐이라네. 땅 위를 이리저리 헤매는 순례자일 뿐이라네! 자네들은 그럼 그 이상의 존재라 할 수 있는가?

6월 18일

어디로 가야 할까? 자네를 믿으니 속 시원히 말하겠네. 두 주일은 이곳에 머물러 있어야겠네. 그 후에는 ○○의 광산을 찾아가리라. 스스로 속이고 있지만 사실은 다만 로테 곁으로 가고 싶을 뿐이라네. 그게 내 솔직한 마음이네. 내 마음을 비웃고 있지만 결국 마음이 원하는 대로 하게 된다네.

7월 29일

아니, 이대로 괜찮아. 그냥 이대로 괜찮아. 내가 그녀의 남편이라면! 아, 나를 만들어주신 신이여, 당신이 내게 그런 행복을 베푸셨다면 저는 평생 기도를 올렸을 겁니다. 그렇다고 원망할 생각은 없습니다. 다만 저의 눈물을 용서해주십시오. 이 부질없는 소원을 용서해주십시오! 그녀가 나의 아내라면, 나의 품안에 이 세상에서 가장 사랑스러운 사람을 끌어안을 수 있다면. 빌헬름, 알베르트가 그녀의 날씬한 몸을 끌어안는다고 생각하면 온몸이 떨린다네.

이런 말을 해도 괜찮을까? 어째서 안 된단 말이지? 빌헬름, 그녀가 나와 함께 산다면 더욱 행복할 수 있을 텐데! 아, 그는 그녀의 소원을 들어줄 수 없네. 감정이 부족하지. 부족해, 자네가 원하는 대로 해석해도 괜찮네만 그의 가슴은 함께 느끼고 울리는 데 부족하다네. 좋아하는 책을 읽으며 나와 로테의 마음이 하나로 합쳐지는 대목에서도, 다른 사람의 행동을 보고서 우리의 감정이 차오르는 수많은 순간에도 그러하다네.

사랑하는 빌헬름! 사실 그는 그녀를 온 정성을 다해 사랑한다네. 그만한 사랑에 보답이 없을 수 있을까!

참을 수 없는 인간이 찾아와 날 방해하고 있네. 눈물도 그쳤네. 혼란스럽군. 잘 있게, 친구!

8월 4일

나만 그런 게 아니야. 모든 사람이 기대를 품었다가 곧 실망하게 된다네. 나는 보리수 아래에 사는 그 착한 부인을 찾아갔네. 맏이가 나를 보고 달려왔네. 아이가 기뻐 외치는 바람에 어머니도 내게로 다가왔지. 그녀는 매우 지쳐 보였네. 나를 보자마자 외치더군.

"어떡하면 좋아요. 우리 한스가 죽었어요."

한스는 막내라네. 나는 잠자코 있었지.

"남편은 스위스에서 돌아왔지만 아무 소득도 없었어요. 좋은 사람들을 만나지 못했다면 구걸을 하며 돌아올 뻔했답니다. 그러다가 열병까지 얻었지요."

부인에게 해줄 말이 없었네. 아이에게 돈을 몇 푼 주었네. 부인이 나더러 사과라도 좀 먹으라고 해서 그것을 받아들고 슬픈 추억의 장소를 떠났네.

8월 21일

내 마음은 손바닥을 뒤집듯 쉽게 변한다네. 때로는 인생에 즐거운 빛이 잠시 드리우려 하지만 아아! 한순간일 뿐이라네. 멍하니 몽상에 잠겨 있노라면, 알베르트가 죽으면 어떻게 될까 하는 생각을 떨칠 수가 없네. 망상을 좇다 결국 심연의 가장자리까지 다가갔다가 겁을 집어먹고 뒷걸음질치고 만다네.

성문을 나와 처음으로 로테를 무도회에 데리고 가기 위해 마차를 타고 지나던 길을 걸어보니 모든 것이 너무나 변해버렸네! 모든 것이 다 지나가 버리고 말았어. 지난날의 흔적들, 그 그림자, 그토록 벅차오르던 나의 감정들이 모두 사라져버렸네. 영주가 전성기에 성을 쌓아 온갖 화려한 재물로 장식을 하고는 사랑하는 아들에게 물려주었는데, 망령이 되어 돌아왔더니 불타 허물어진 폐허만 보는 것과 같은 심정이네.

9월 3일

때때로 이해할 수가 없다네. 난 오직 그녀만을 사랑하네. 진심으로 벅차게 사랑하네. 그녀 외에는 알지도 갖지도 못한다네. 그런데 어떻게 다른 남자가 그녀를 사랑할 수 있단 말인가? 그래도 된단 말인가!

9월 4일

그래, 그런 것이라네. 자연에 가을이 찾아오듯 내 마음과 일상에도 가을이 찾아온다네. 나의 나뭇잎도 단풍으로 물들고 주위의 나뭇잎은 떨어져 버렸네. 이곳에 온 지 얼마 되지 않았을 무렵, 농사를 거드는 일꾼에 대해 써 보내지 않았었나? 발하임에서 그의 소식을 물어보았네. 그는 일터에서 쫓겨났고 그 후 아무도 그의 소식을 몰랐다네. 그런데 어제께 뜻밖에 다른 마을로 가는 길에 그를 만났네. 말을 붙였더니 그동안의 일에 대해 이야기하더군. 그의 말에 나는 몇 번이고 감동했네. 그 이야기를 전하면 자네도 알게 되겠지만 그래 봐야 무슨 소용이겠는가? 나를 불안하게 하고 불쾌하게 하는 것을 내 가슴에만 간직하려네.

무엇 때문에 자네에게까지 걱정을 끼치게 하고 자네가 나를 불쌍히 여기며 나무랄 기회를 만들겠는가? 하지만 이야기하지 않을 수 없네. 그것도 내 운명 아니겠나.

이 사나이는 처음에는 다소 겁을 먹은 듯했고 말없이 슬픈 표정으로 내가 묻는 말에 대답했네. 그러나 곧 우리 사이를 믿고서 자기의 과실을 고백하며 불행한 처지를 하소연하더군. 친구, 그의 말 하나하나를 자네의 판단에 맡겼으면 싶네! 그가 고백했네. 아니, 오히려 추억을 떠올리며 즐겁고 행복한 마음으로 이야기했네.

그 미망인을 사모한 나머지 마음속의 열정이 날로 더해져 가고 마침내 그는 자기가 무슨 짓을 하는지도 알지 못했다네. 그의 표현을 빌리자면 고개를 어디로 돌려야 할지조차 알 수 없었다는군. 목이 막혀 먹지도 마시지도 못하고 잠조차 잘 수 없게 되어 결국 해서는 안 될 일을 했고 위임받은 일은 잊어버리고 말았다는군. 그는 어느 날 미망인이 방 안에 있는 것을 알아채고 이 층으로 올라갔네. 아니, 오히려 그녀에게 이끌린 것이라네. 그녀가 자신의 청을 들어주지 않으면 폭력으로 여인을 정복하려 했단 말일세. 그는 자기가 무슨 일을 했는지 몰랐다네. 다만 그녀에 대한 사랑은 너무나 순수했으며 그녀가 자신과 결혼하여 자기와 함께 평생을 지내주기만을 바랐다는 것은 하늘에 맹세할 수도 있다네. 그는 한참 동안 이야기를 하더니 뭔가 말할 게 있으면서도 말할 수 없는 듯 머뭇거리기 시작했네.

그녀가 가볍게 친근감을 표하는 것과 어느 정도 다가서는 것을 허락해주었다고 마침내 수줍게 고백했네. 중간에 그는 말을 두어 번 잇지 못했네. 미망인이 나쁜 마음을 가지고 그런 것이 절대로 아니라고 하더군. 그녀를 지금도 예전처럼 사랑하고 존중하고 있으며, 이런 말을 한 번도 입 밖에 낸 적이 없는데, 자기가 정신 나간 미치광이가 아니라는 걸 믿게 하려고 하는 말이라면서 정성을 다해 설명했다네.

그런데 친구, 내가 계속 되풀이했던 말을 다시 하겠네. 내 앞에 서 있던 그를, 지금도 내 앞에 서 있는 것만 같은 그를 그대로 그려 자네에게 보여줄 수 있다면 얼마나 좋을까! 그의 운명에 관심이 가는 것, 그러지 않을 수 없다는 것을 자네가 절실히 느낄 수 있도록 모든 것을 말로 옮길 수만 있다면 얼마나 좋을까! 이쯤에서 그만하겠네. 자네는 나의 운명과 내 됨됨이를 알고 있으니. 왜 내가 불행한 모든 사람들에게 끌리는지, 어째서 이 불행한 사내에게 이끌리는지 자네도 잘 알 거야.

이 편지를 다시 읽다 보니 이야기의 결말을 깜빡했다는 걸 알게 됐네. 쉽게 상상할 수 있는 결말이네. 미망인이 그를 밀어냈다네. 마침 오래전부터 그를 미워해서 내쫓으려고 했던 그녀의 오빠가 나타났다네. 그녀가 재혼을 하면 자기 아이들에게 돌아갈 유산이 사라질 거라고 생각했기 때문이지. 그녀에게 자식이 없었기 때문에 이제 유산은 오빠의 아이들에게 돌아가겠지. 오빠는 그를 당장 집에서 쫓아내고 이 사건을 크게 떠벌렸으니 설사 그녀가 마음이 있다 해도 그를 다시 들일 수는 없을 걸세. 그녀는 이제 다른 일꾼을 부리고 있다는데 그 때문에 또 오빠와 티격태격하고 있다더군. 사람들은 그녀가 새로운 일꾼과 결혼할 거라고 확신하지만 그녀의 오빠는 그런 일은 허락하지 않겠다고 결심했다네.

자네에게 전하는 이야기는 조금도 부풀리거나 미화하지 않았네. 오히려 약하게 이야기했다고 할 수 있지. 도덕적인 말로 설명하느라 이야기가 둔해졌을 뿐이라네.

그의 사랑과 애타는 정열을 내가 시적으로 꾸며낸 건 아닐세. 그대로의 생생한 이야기라네. 그것은 교양이 없다고, 야만적이라고 여겨지는 계급 사이에 더욱 생생하게 살아 있지. 우리 교양 있는 사람들이야말로 사실은 불구자네! 경건한 기분으로 이야기를 읽어주길 바라네, 부탁이네. 이 편지를 쓰는 동안 마음이 차분해졌네. 글씨를 보면 평소처럼 그렇게 서둘러 갈겨쓰지는 않았다는 것을 알 걸세. 사랑하는 친구, 잘 읽어두게. 이것이 나의 안부라고 생각해주게. 이 가련하고 불쌍한 사내와 나를 비교하려고 들진 않겠지만, 나는 그의 반만큼도 용기가 없고 결단력이 없다네. 지금까지도 그래 왔지만 앞으로도 그럴 걸세.

9월 5일

업무차 시골에 가 있는 남편에게 로테가 짧은 편지를 썼다네.

"사랑하는 그대여, 빨리 돌아오세요. 즐거운 마음으로 당신을 기다리고 있겠습니다"로 시작되는 편지였네. 친구가 찾아와 사정이 생겨 알베르트는 금방 돌아가지 못하겠다는 소식을 전했네. 그래서 로테가 쓴 편지는 발송되지 않고 그대로 놓여 있다가 저녁에 내 손에 들어왔네. 편지를 읽으며 미소를 짓자 왜 웃느냐고 로테가 묻더군.

나는 외쳤네.

"상상력이란 참으로 하나님이 주신 선물입니다! 잠시나마 내게 쓴 편지라고 생각했으니까요."

화가 났던지 로테는 아무 말도 하지 않았네. 나도 입을 다물었네.

9월 6일

결심하기 쉬운 일은 아니었지만 로테와 처음 춤을 추었을 때 입었던 푸른색의 간소한 연미복을 벗어버리기로 했네. 아주 볼품없어졌거든. 이번에도 예전과 똑같이 맞추었네. 칼라와 팔소매, 노란 조끼와 바지까지 곁들였네.

하지만 별 효과를 보지 못할 것 같네. 아직은 알 수 없다네. 시간이 지나면 제법 마음에 들지도 모르지.

9월 12일

로테는 알베르트를 데려오기 위해 이삼 일 여행을 다녀왔네. 오늘 그녀의 방에 들어갔네. 그녀가 나를 반겨주었네. 벅찬 기쁨을 느끼며 그녀의 손에 입을 맞추었네.

카나리아 한 마리가 거울에서 날아와 그녀의 어깨 위에 앉았네.

"새 친구예요" 하고 말하면서 새를 손에 내려앉도록 했지.

"아이들에게 주려고요. 아주 사랑스러워요. 보세요, 빵을 주면 날 갯짓을 하며 귀엽게 콕콕 쪼아요. 저하고 입을 맞추기도 하지요, 보세요."

로테가 입을 내밀자 카나리아는 행운을 느끼기라도 한 듯 그녀의 달콤한 입술에 상냥하게 자기 몸을 밀어 넣었지.

"당신도 입을 맞추어요" 하며 로테는 새를 넘겨주었네. 조그마한 부리가 그녀의 입술에서 나의 입술로 옮겨왔지. 그러고 보니 쪼아대는 감촉은 마치 사랑이 넘쳐흐르는 향락의 숨결이나 예감 같았네.

"카나리아가 아무런 바람도 없이 입을 맞추는 것은 아니군요. 먹이를 원하고 있어요. 쓰다듬기만 하면 불만스레 뒤돌아가는군요." 내가 말했네.

"입에 문 것을 받아먹기도 하지요."

그녀는 빵을 두세 조각 입술에 물고 새에게 내밀었네. 그녀의 입술에는 천진한 사랑의 기쁨이 넘쳐흘렀네. 나는 얼굴을 돌렸네. 그녀는 그런 짓을 해서는 안 되었네. 천국의 순수함과 그 행복한 모습이 잠든 나의 상상력과 이 마음을 깨워서는 안 되는 것이었네. 인생에 무심할 때마다 나를 끌어당기는 그 잠으로부터 말일세! 하지만 어째서 안 되는 걸까? 로테가 나를 이토록 믿고 있는데! 그녀도 내가 자신을 사랑한다는 것을 알고 있는데!

9월 15일

빌헬름, 세상에 얼마 되지 않는 가치 있는 것들에 대해서 너무나 무감각한 인간을 떠올리면 미쳐버릴 것만 같네. 성聖 ○○마을의 목사관에서 로테와 함께할 때 그늘을 드리워주던 호두나무를 기억하겠지? 대단한 호두나무였지. 내 마음을 항상 뿌듯하게 해주고 목사관을 더욱 정답게 해준 나무였네. 시원스러운 나뭇가지들은 멋지게 뻗어 있었지. 수십 년 전에 그 나무를 심은 정직한 목사들에 대한 추억까지 서려 있었어. 한 학교 선생은 할아버지한테 들었다며 나무를 심은 목사의 이름을 우리에게 알려주었다네. 아주 훌륭한 분이었다는군. 그 호두나무 아래에 서면 그 사람에 대한 추억을 떠올리게 된다네. 어제 내가 그 나무가 베어졌다고 하니 선생은 눈물을 흘렸다네. 누가 베어버렸단 말일세! 미칠 것만 같네. 그 개 같은 놈을 죽여버리고 싶네. 여러 나무 중에 하나만 죽었다 해도 슬퍼했을 내가 이

참혹한 꼴을 지켜봐야 한다니!

여보게, 그런데 문제가 벌어졌네. 인간의 마음이란 이상하지. 마을 사람들이 불평하고 있다네. 새로 부임한 목사의 부인이 버터나 계란과 같은 선물이 줄어든 것을 보고 이 마을에 상처를 입혔다는 걸 알게 되었으면 좋겠네. 바로 그녀가 나무를 자르게 했다는군. (옛 목사는 돌아가셨네.) 바싹 마르고 아픈 여자라네. 아무도 그녀를 좋아하지 않으니 그녀가 이 세상에 대해 무심한 것도 이해가 간다네. 그녀는 학식을 쌓겠다며 성전 연구에 열중하며, 요즘 유행하는 기독교의 도덕적, 비판적 개혁에 지나친 관심을 보이면서 라파터의 광신적인 태도에 대해서는 어깨를 으쓱하며 경멸하지. 건강이 매우 나빠 하나님이 창조하신 땅 위의 즐거움은 전혀 모르는 바보 같은 여자라네. 그러니 내 소중한 호두나무를 베어버린 것이야.

여보게, 분이 가시질 않네. 들어보게. 낙엽이 지면 정원이 지저분해지고, 나뭇가지는 햇빛을 가리고, 호두가 익으면 아이들이 돌을 던져 신경에 거슬린다고 하네. 케니콧이나 제믈러, 미하엘리스*를 서로 대조할 때 방해가 되기도 한다면서. 하지만 마을 사람들, 그중에서도 나이 든 사람들은 불만스러워하더군.

그들에게 물어보았네.

---

* 벤저민 케니콧Benjamin Kennikot 18세기 영국의 신학자, 요한 살로니오 제믈러Johann Salonio Semler 18세기 독일의 신학자, 요한 다비드 미하엘리스Johann David Michaelis 18세기 독일의 신학자.(옮긴이)

"왜 꾹 참고만 있었습니까?"

"촌장이 원하는데 이 마을에서 뭘 어찌할 수 있겠소?"

그들이 말하더군.

곧 재미난 일이 벌어졌네. 촌장과 목사가 짜고서 나무를 판 돈을 나눠 가지려고 했다네. 심술쟁이 아내의 변덕을 이용해 돈을 벌려 했다는군. 관리소에서 이 사실을 알아채고서 나무를 넘기라고 명령했다네. 호두나무가 자라던 목사관의 땅에 대한 권리를 관리소에서 갖고 있었으니 타당한 일이지. 그래서 나무는 경매에 넘어갔고 지금 나무는 쓰러져 있네! 아, 내가 영주였다면! 목사의 부인, 촌장, 관리소, 모두를 죄다……. 영주! 그래, 내가 영주라면 오히려 나의 땅에서 자란 나무 따위에는 개의치 않겠지.

10월 10일

그녀의 검은 눈을 들여다보면 무척이나 즐겁다네. 알베르트, 그는―내가 그였더라면 느꼈을 만큼― 행복해 보이지 않아서 더욱 화가 치민다네. 이렇게 쓰고 싶지는 않지만 달리 표현할 방법이 없고 이것으로 더욱 명백해진 듯하네.

10월 12일

오시안을 파고들다 보니 호메로스는 내쫓겼네. 이 영웅이 펼쳐 보인 세계는 어떠한가! 폭풍은 안개로 휩싸인 달빛 아래 조상의 영혼을 휩쓸어버리고 벌판을 내달린다네. 산에서부터 숲 속으로 시냇물이 흘러내려 가고, 망령들이 사라지며 신음하는 소리가 동굴에서 들려온다네. 고귀하게 죽음을 바친 연인이 고이 잠들어 있는, 이끼가 덮이고 풀들이 우거진 네 개의 망주석望柱石 가에서는 숨이 넘어갈 듯 슬피 우는 아가씨의 통곡소리가 울려 퍼지네.

이윽고 내 눈에 보이는 백발이 성성한 방랑시인은 끝없는 벌판을 헤매고 조상의 발자취를 찾다 마침내 그분들의 망주석을 찾아내지. 파도치는 바닷속에 사라져가는 정다운 저녁별을 시름에 잠겨 하염없이 쳐다볼 때, 이 영웅의 가슴속에는 아직도 부드러운 빛이 용사들의 모험을 비추고, 달이 화환으로 장신된 그들의 개선하는 배를 비추어주었던 지난날이 되살아난다네. 늙은 시인의 이마에는 깊은 고뇌가 새겨졌고, 마지막으로 홀로 뒤에 남은 이 영웅은 이제 지칠 대로 지쳐 무덤을 향해 비틀거리며 걸어간다네. 지금은 벌써 사라진 사람들의 힘없이 떠도는 죽은 넋들 앞에서, 새삼스럽게 고통으로 불타오르는 기쁨이 솟아오르네. 그는 이 기쁨을 몇 번이고 깊이 들이마시고, 차가운 땅을, 바람에 나부끼는 우거진 수풀을 내려다보며 소리를 지르지.

"나의 아름다운 모습을 아는 나그네가 언젠가는 찾아와서 노래하리라. '핑갈*의 훌륭한 아들은 어디에 있는가?' 그의 발자국은 나의 무덤 위를 지나갈 것이고 이 땅에서 나를 찾아보려고 해도 소용이 없으리라."

아아, 친구, 나도 마치 숭고한 용사가 되어 검을 뽑아들고 서서히 숨을 거두는 단말마의 고통으로부터 우리 영주 오시안을 단번에 해방시켜주고 싶네. 그리고 해방된 반신半神을 따라 저승으로 가고 싶네.

10월 19일

아아, 이 텅 빈 마음! 소름이 끼칠 정도로 텅 비었다네! 단 한 번만, 꼭 한 번만이라도 그녀를 품에 안을 수 있다면 이 마음이 꽉 채워지리라고 가끔씩 생각한다네.

10월 26일

그래, 확실해졌네. 친구, 인간이라는 존재 따위는 중요치 않다네.

---

* Fingal. 오시안의 아버지.(옮긴이)

전혀 중요치 않다는 것이 점차 확실해지고 있네. 친구 하나가 로테를 찾아왔네. 나는 옆방으로 책을 가지러 갔지만 읽을 수 없어 글을 쓰려고 펜을 잡았네. 그들이 낮게 말하는 소리가 들려왔네. 여자들은 누가 결혼을 했다느니 누구는 병이 나서 중태라느니, 시내에서 일어난 시시한 일에 대해 이야기했네.

"마른기침을 하고 얼굴은 뼈만 앙상한데 가끔 기절을 한대요. 그분의 목숨에는 단돈 한 푼도 걸 수 없게 됐어요." 로테의 친구가 말했네.

"○○씨도 건강이 너무 나빠졌대요."

로테가 대꾸하더군.

"몸이 부어올랐다던데요."

이런 이야기를 듣다 보니 나는 이 불쌍한 사람들의 침대 곁에 있는 상상을 하게 되었네. 나는 그들의 모습을 생생하게 그려보았네. 간신히 삶에 등을 돌리고 있는 그 모습, 그들은 얼마나……

빌헬름! 여자들은 모르는 사람이 죽었다는 듯 태연하네. 나는 주위를 돌아보다 그 방을 바라다보네. 로테의 옷가지와 알베르트의 서류, 낯익고 정든 가구들이 놓여 있네. 잉크병조차도 정겨웠네. 그리고 생각했다네.

'너는 대체 이 집에서 뭘 하고 있나? 친구들은 너를 존중한다! 너는 가끔 이 친구들을 기쁘게 해준다. 그리고 이 친구들이 없으면 살수 없을 것만 같다. 그러나 네가 이제 떠난다고 치자. 이 친구들 사이에서 사라졌다고 치자. 그러면 어떨까? 네가 떠나 생긴 공백을 그들은 느끼게 될까? 얼마나 오랫동안? 얼마나 오랫동안……?'

아아, 인간은 덧없는 것이야. 존재를 확신할 수 있는 곳에서도, 자신의 존재에 대해 유일하고 진실하게 인상을 만들어갈 수 있는 곳에서도, 사랑하는 사람들의 추억이나 영혼 속에서도 인간은 사라져버린다네. 순식간에!

10월 27일

사람들이 어쩌면 이토록 서로에게 차가울 수 있을까? 이런 생각을 하면 가슴이 갈기갈기 찢기고 머리에 총알이 박힌 듯하네. 아아, 사랑, 기쁨, 정열, 환희, 이런 것들은 내가 베풀지 않으면 내게 주어지지도 않는다네. 내 눈앞에 냉정하고 무기력하게 서 있는 타인을 온갖 정성을 다하여 축복해준다 해도 나를 행복하게 해줄 수는 없다네.

10월 27일 저녁

할 일이 산더미 같은데 그녀에 대한 감정이 모든 것을 집어삼킨다네. 할 일이 태산이라도 그녀가 없으면 그 모든 것이 의미가 없다네.

10월 30일

수도 없이 그녀의 목에 매달리려 했네. 눈앞에서 사랑스러운 모습이 아른거리는데도 움켜쥘 수 없는 심정이 어떠한지, 거룩하신 하나님은 알고 계시리라. 움켜쥐려 하는 것은 인간의 가장 본능적인 충동이라네. 아이들도 눈앞에 보이는 것이라면 무엇이든 움켜쥐려 하지 않는가? 그런데 나는?

11월 3일

나는 다시 깨어나지 않기를 바라며, 아니 가끔 그러한 바람을 안고 잠을 청한다네. 아침에 눈을 뜨고 다시 태양을 보면 비참해진다네. 아아, 변덕이라도 부렸으면 좋겠네. 나쁜 날씨 탓으로, 다른 사람 탓으로, 계획의 실패 탓으로 돌릴 수 있으면 좋겠네. 그러면 참을 수 없는 울분에서 오는 무거운 짐을 절반이라도 덜게 되겠지.

너무나 슬프다네! 모두 나 혼자서 지은 죄라는 걸 뼈저리게 느끼고 있네. 아니, 죄가 아니야! 하지만 마음속에는 불행의 근원이 깃들어 있다네. 먼 옛날에는 모든 행복의 근원이 깃들어 있었건만. 풍부한 감성 속을 한 걸음씩 걸으면 낙원이 뒤따랐는데. 넘치는 애정으로 이 세상을 온전히 움켜쥘 마음을 가진 내가 아니었던가? 그 마음은 이제 죽어버렸네. 이 마음에는 즐거움이 없네. 눈물도 메말라버렸네. 이제 시원한 눈물이 나의 감정을 북돋우는 일은 없으니 불안스럽게도 이마에 주름이 잡힌다네. 평생 나의 즐거움이었던 유일한 것을 잃었으니 걱정이 많다네. 생기를 가져다주는 신성한 힘을 잃어버렸네. 그 힘으로 나는 주변 세계를 만들어냈는데, 이제 힘마저 사라지고 말았네!

창가로 다가가 저 멀리 언덕을 내다보면 아침 해가 안개를 뚫고 떠올라 고요한 목장의 푸른 들판을 비춘다네. 고요한 시냇물은 단풍이 물든 버드나무 사이로 흐른다네. 아아, 다채로운 자연은 니스를 칠한 자그마한 그림처럼 미동도 않고 내 앞에 펼쳐져 있네. 그래도 내 마음에 기쁨은 조금도 샘솟지 않는다네. 말라버린 샘물처럼, 물이 담기지 않은 물통처럼 신 앞에 서 있을 뿐! 마치 머리 위에서 하늘이 황동같이 번쩍이고 주위의 대지가 바싹 말랐을 때 농부들이 비를 기다리고 간청하는 것처럼 나는 땅 위에 엎드려 신에게 눈물을 내려주십사 몇 번이고 기도드렸다네!

아아, 나는 느끼네. 우리의 성급하고 간절한 청원에도 신은 비도 햇빛도 내려주시지 않았네. 생각하면 할수록 마음이 괴로워지는 그 시절, 어째서 그 시절은 그렇게도 성스러웠을까! 내가 참을성을 가지고 성령을 기다리고 신이 내게 베풀어주시는 기쁨을 마음속으로 감사하면서 받아들였기 때문이겠지.

11월 8일

그녀가 나의 무절제한 생활을 나무랐네! 아아, 더없이 상냥하게! 와인 한 잔에 이끌렸다가 기어이 한 병을 마시고 마는 나의 무절제함을 나무랐네.

"그러면 안 돼요. 저를 생각해주셔야지요!"

"생각하라고요! 그런 명령을 할 필요가 있나요? 나는 생각하고 있습니다! 생각하고말고요! 당신은 내 마음에서 떠난 적이 한 번도 없습니다. 지난번에 마차를 타고 가다 당신을 내려준 그곳에 오늘도 앉아 있었지요."

더 깊은 대화를 나누지 못하고 그녀는 말머리를 돌렸네. 친구, 나는 끝장이라네. 그녀는 나를 마음대로 할 수 있으니.

11월 15일

빌헬름, 자네의 진심 어린 동정과 호의적인 충고는 감사하네. 그러니 부디 안심하게. 끝까지 견뎌보겠네. 피곤하지만 그래도 밀어붙일 힘은 충분하다네. 자네도 알듯이 나는 종교를 존중한다네. 지친 사람들은 종교에 기대어 힘을 얻을 수 있다는 것도 절실히 느낀다네. 다만 종교가 모든 사람들에게 그럴 수 있을까? 그래야 할까? 설교를 듣건, 듣지 않건 간에 많은 사람들에게 종교는 그러한 의미를 갖고 있지. 하지만 그럴 수도 없다는 것도 알게 될 걸세.

그런데도 종교가 나에게 의미가 있어야만 한단 말인가? 하나님의 아들조차도 주위에 모여든 사람들을 하나님이 보내신 자들이라 하지 않았나? 만일 내가 그분에게 주어진 인간이 아니라면? 내 마음이 나에게 이야기하듯, 만일 하나님께서 나를 자기 곁에 붙잡아두시려고 한다면? 부탁이니 오해하지 말게. 내 순진한 말을 조롱이라고 생각하진 말아주게. 자네에게 내 마음을 솔직하게 털어놓는 걸세. 아니면 가만히 입을 다물고 있겠지.

나는 나뿐만 아니라 아무도 알지 못하는 일에 대해 뭐라 말하고 싶지 않네. 결국 인간의 운명이란 주어진 분수를 참고 견디어내고 자기 잔의 술을 남김없이 마셔버리는 것이 아니겠는가? 그리고 이 술잔은 예수님께서도 인간의 모습으로 태어나셨을 때 너무나 쓰다고 말씀하셨으니, 내가 허세를 부려 그것이 내 입에 달다고 꾸며댈 필요가 있겠는가? 나의 존재가 삶과 죽음 사이에 끼여 몸부림치고 과거가 번갯불처럼 어두운 미래의 절벽 위에 번쩍이고 나를 둘러싼 모든 것이 가라앉아 나와 더불어 멸망하려는 이 무서운 순간에 무엇 때문에 내가 수치스러운 생각을 하겠나?

자기 자신만을 의지할 수밖에 없는 궁지에 몰려, 오도 가도 못한 채 어찌할 도리 없이 낭떠러지로 굴러떨어지는 인간이 헛되이 몸부림치면서 깊은 밑바닥에서 이를 갈며 "주여, 주여! 어찌하여 저를 버리시나이까?" 하고 부르짖는 것은 인간의 진정한 목소리가 아니겠는가? 그런데 내가 그런 부르짖음을 부끄럽게 여기고 그 순간에 대해 겁먹을 필요가 있겠는가? 하늘을 헝겊처럼 둘둘 말아버릴 수 있다는 하나님의 아들도 피할 수 없었던 순간 아닌가?

11월 21일

그녀는 자신과 나를 파멸시킬 독을 가지고 있다는 사실을 알지도 느끼지도 못한다네. 나를 파멸시키기 위해 그녀가 내미는 잔을 나는 기쁘게 들이킨다네. 그녀가 나를 자주? 아니 자주는 아니지만 때때로 쳐다보는 그 친절한 눈초리, 은근히 드러나는 내 감정을 알아주는 마음씨, 그녀의 이마에 아로새겨진 나의 인내에 대한 동정, 그것들은 도대체 뭘 뜻하는 것일까?

어제 내가 떠날 때 그녀는 나에게 손을 내밀며 말했네.

"안녕히 가세요, 사랑하는 베르테르 씨!"

사랑하는 베르테르! 그녀가 내게 '사랑하는'이라고 말한 건 처음이었네. 그 말이 내게 사무쳤네. 그 말을 수없이 되풀이해보았지. 지난밤 혼잣말로 이것저것 중얼거리다 "안녕히 주무세요, 사랑하는 베르테르 씨!" 하고 말해보았네. 나 자신을 보고 웃지 않을 수 없었네.

11월 22일

그녀를 내게서 멀어지게 해달라고 기도할 수는 없네. 그녀가 가끔 나의 것처럼 느껴지곤 한다네. 그녀를 내게 달라 기도할 수도 없네. 그녀가 다른 남자의 소유이기 때문이지. 나는 한없이 괴로운 마음으로 이런 궤변을 늘어놓고 있네. 이렇게 나가다가는 명제와 반명제가 끝없이 되풀이되겠지.

11월 24일

내가 얼마나 괴로움을 참고 있는지, 그녀는 짐작하고 있네. 오늘 그녀의 눈길은 내 가슴속을 깊이 파고들었네. 내가 찾아갔을 때 그녀는 혼자 있었지. 난 아무 말도 하지 않았네. 그녀는 나를 물끄러미 바라보더군. 나는 이제 그녀의 사랑스러운 아름다움이라든지, 놀라운 빛을 발하는 그녀의 정신을 보지 않는다네. 그런 것은 모두 내 눈앞에서 사라져버리고 말았네. 그보다 훨씬 더 숭고한 눈빛이 내 가슴을 울린다네. 깊은 동정, 괴로움에 대한 안타깝고도 절실한 공감이 그 눈빛에 깃들어 있네. 어째서 나는 그녀의 발치에 몸을 던지지 못했던가? 왜 나는 그녀의 목에 매달려 입을 맞추지 못했을까?

로테는 피아노 옆으로 몸을 피해 가더니, 피아노를 치면서 그 소리에 맞춰 달콤하고 나지막하게 노래를 불렀네. 그렇게 매력적인 입술은 예전엔 보지 못했지. 그 입술은 악기에서 흘러나오는 달콤한 곡조를 들이마시려는 듯 벌어져 있었네. 오직 은밀한 메아리만이, 그 순결한 입에서 새어나오는 듯했네. 그 장면을 자네에게 전할 수 있으면 좋겠는데. 나는 더 이상 참을 수 없어 고개를 숙이고 맹세했네.

'거룩한 하늘의 영들이 감돌고 있는 입술이여, 나는 감히 네게 입을 맞추어보겠다는 생각을 못하겠다.' 맹세를 하면서도 단념할 수 없는 마음과 입을 맞추고 싶은 마음. 아아, 그것이 마치 거대한 장벽처럼 내 마음을 가로막고 있지. 그 행복, 그것을 얻을 수 있다면 몸이 파멸해도 좋다네. 이것을 죄라 할 수 있을까?

11월 26일

이따금 나 자신에게 말한다네.

"너의 운명은 비할 데가 없다. 다른 사람들의 행복을 축하해주어라! 이만큼 괴로움을 당한 자는 아직 없구나."

그리고 나는 옛 시인의 시 구절을 읽는다네. 그러면 내 마음속을 들여다보는 것 같네. 나는 이런 고생을 참아내야 하네. 대체 나보다 비참한 인간이 있었을까?

11월 30일

나는 결코 나 자신을 알 수 없을 걸세! 어디를 가나 나를 당황하게 하는 사건에 부딪힌다네. 오늘도! 아아, 운명이란…… 아아, 인간이란!

점심때 나는 물가를 따라 강기슭을 걸었네. 식욕은 전혀 없었네. 모든 것이 처량하고 축축하고 서늘한 서풍이 산에서 불어오고 회색 비구름이 골짜기 속으로 몰려들었네. 멀리 떨어진 곳에 초라한 녹색 옷차림의 남자 하나가 눈에 띄었지. 바위 사이를 기어 다니며 약초를 뜯는 듯했지. 내가 가까이 가자 그는 인기척에 뒤돌아보았네. 그의 얼굴을 보니 흥미로웠네. 조용한 슬픔이 감도는 것 외에는 착하고 곧은 마음씨만이 표정으로 나타날 뿐이었지. 검은 머리는 핀으로 두 다발로 묶고 나머지 머리는 굵게 땋아 등허리까지 늘어뜨리고 있었네. 옷차림을 보니 신분이 낮은 사람 같았고, 뭘 하느냐고 물어보아도 상관없으리라는 생각이 들더군. 난 그에게 무얼 찾고 있냐고 물어보았네.

"꽃을 찾고 있습니다. 그런데 하나도 눈에 띄지 않습니다."

그는 긴 한숨을 내쉬며 대꾸했네.

"장마철이라 그렇겠지요."

나는 미소를 지으며 말했네.

"꽃에는 여러 가지가 있지요. 우리 집 정원에는 장미와 인동초들이 있습니다. 그중 하나는 아버지가 주신 것인데, 둘 다 잡초처럼 우거졌습니다. 벌써 이틀째나 찾아다니고 있는데 도무지 찾을 수가 없습니다. 이 근처에는 언제나 꽃이 있었죠. 노랗고 푸르고 붉은 꽃들이죠. 그것 말고도 용담초에는 아름다운 꽃이 핀답니다. 그런데 하나도 찾을 수가 없습니다."

나는 왠지 소름이 끼쳤다네. 그래서 그에게 넌지시 물었네.

"꽃은 어디에 쓰려 하나요?"

야릇하게 씰룩이는 듯한 미소가 그의 얼굴을 일그러뜨렸네.

"다른 사람에게 말하지 말아주십시오. 애인에게 꽃다발을 주기로 약속했습니다."

그는 입에 손가락을 갖다 대며 말했네.

"그거 참 멋지군요."

"제 애인은 다른 것은 얼마든지 가지고 있습니다. 부자거든요."

"그래도 당신의 꽃다발을 좋아하며 받을 거요."

"아아! 보석이 박힌 관(冠)도 많이 갖고 있지요."

"그 애인의 이름이 뭐죠?"

"네덜란드 정부에서 월급을 지불해주면 좋으련만."

그는 딴청을 피우며 계속 말했지.

"저도 이렇게 되진 않았을 거예요! 한때는 돈벌이가 괜찮았지요. 이젠 정말 글렀습니다. 이제 저는……."

하늘을 보며 눈물을 글썽이는 모습이 모든 것을 말해주었네.

"그러면 전에는 행복하셨군요?"

"아아, 다시 그렇게 되면 좋겠습니다! 그때는 참 좋았습니다. 물 만난 고기처럼 즐거웠지요."

그때 "하인리히!" 하고 부르는 소리가 들리더니, 어느 노부인이 소리치며 다가오더군.

"하인리히, 여기 있었니? 사방을 찾아다녔다. 자, 밥 먹으러 가자!"

"아드님이신가요?"

나는 그 노파에게 다가서며 물어보았네.

"그래요, 내 불쌍한 아이랍니다. 하나님은 우리에게 무거운 십자가를 지우신 거지요."

"이렇게 된 지는 얼마나 되었나요?"

"이렇게 조용해진 건 반년쯤 되었습니다. 이만한 게 천만다행이지요. 그 전에 일 년 동안을 미쳐 날뛰었기 때문에, 정신병원에 가두고 사슬로 묶어놓았지요. 이제 난폭한 짓을 하지는 않습니다. 다만 왕이니 황제니 하는 것만 찾고 있을 뿐입니다. 옛날에는 정말 착하고 얌전한 아이여서 집안 생활비도 보태고 글씨도 곧잘 썼지요. 그런데 갑자기 우울증에 걸려서 높은 열이 나더니 그만 미치기 시작했어요. 지금 보시는 대로입니다. 말씀을 드리자면 그렇습니다, 선생님."

나는 물 흐르듯 쏟아져 나오는 노파의 말을 가로막고 이렇게 물어보았네.

"그렇게도 행복했고 즐거웠다고 아드님이 자랑하던데 그건 어느 때였던가요?"

노파는 애처롭다는 듯 미소 지으며 소리쳤네.

"인간이란 참 어리석지요. 미쳤을 때의 이야기를 하는 겁니다. 항상 그것을 자랑으로 삼고 있답니다. 정신병원에 들어가 있어서 자기가 어떻게 되었는지조차 몰랐던 때였는데도 말입니다."

마치 벼락이 친 듯 충격적이었네. 나는 돈을 한 닢 노파의 손에 쥐어주고 성급히 그 자리를 떠났네.

"행복했던 시절! 그때는 정말 물 만난 물고기처럼 즐거웠겠지!"

나는 소리치며 걸음을 재촉해 시내로 향했네. 하늘에 계신 하나님! 지각을 얻기 이전과 또 지각을 다시 잃어버린 뒤를 제외하고는 행복하지 못하도록 당신께서 인간의 운명을 정해놓으신 건가요? 불쌍한 인간! 그렇지만 나는 그대의 슬픔과 그대를 괴롭히는 그 정신착란이 부럽다네! 그대는 희망을 가득 품고 사랑하는 그대의 여왕을 위하여 겨울에도 꽃을 꺾으려 헤매고 다니지 않는가. 꽃을 한 송이도 찾을 수 없다고 슬퍼하면서 왜 찾을 수 없는지 그 이유는 알지 못하네. 나는 희망도 목적도 없이 훌쩍 떠났다가, 나갔을 때와 같은 모양으로 되돌아왔네. 그러나 그대는 네덜란드 정부가 월급을 준다면 과연 어떤 인간이 될 것인지를 상상하는 행복한 사람일세! 자신의 불행한 처지를 이 세상의 현실적인 장애 탓으로 돌릴 수 있다니. 그대는 깨닫지 못하네. 마음이 파괴되고 정신착란을 일으킨 것이 그대가 불행한 원인이고, 이 지상의 제왕들도 그대를 구원할 수 없다는 사실을.

질병을 고치려고 먼 곳의 약수를 찾아 길을 떠났다가 그 때문에 오히려 자기 병을 악화시키고 더 괴로운 임종을 맞는 사람을 비웃는 인간, 양심의 가책에서 벗어나고 마음의 고뇌를 덜려고 그리스도의 무덤을 찾아 순례의 길을 떠나는 사람들을 업신여기는 인간은 위로받지 못하고 죽어야 마땅하리라. 길도 없는 길을 걷다가 발바닥에 상처를 입을 때, 그 발걸음은 고민하는 영혼에겐 진통제와 같은 것이네. 고생스러운 하루의 여행을 견뎌낼 때마다, 그만큼 가슴은 수많은 괴로움에서 벗어나고 마음은 가라앉으니까.

안락한 자리에 앉아 탁상공론만을 일삼는 그대들이여, 그대들은 감히 이것을 망상이라고 부를 수 있겠는가? 망상! 아아, 신이여! 당신은 저의 눈물을 보시겠지요! 당신은 이처럼 빈약하게 인간을 만드셨으면서, 보잘것없는 가난뿐만 아니라 당신에게서 얻는 쥐꼬리만 한 신뢰감마저 앗아가 버리는 공포까지 우리에게 덤으로 주셔야만 했습니까.

자비로운 신이여, 병을 고쳐주는 나무뿌리나 포도즙의 효험을 믿는 것은, 우리를 둘러싼 자연 속에 우리가 시시각각 필요로 하는, 치유와 진정의 힘을 당신께서 감춰두셨다는 것을 믿는 마음이 아니고 무엇이겠습니까? 제가 알 수 없는 아버지시여! 아버지께서는 그 옛날 제 마음을 가득 채워주셨지만, 이제는 저를 외면해버리셨습니다. 더 이상 침묵을 지키지 마시고 제발 저를 당신 곁으로 불러주십시오! 당신의 침묵은 목마른 영혼을 참을 수 없게 합니다.

뜻밖에 되돌아온 아들이 아버지의 목에 매달려서 이렇게 외칠 때 인간으로서, 아버지의 입장에서 화를 낼 수 있겠습니까? '아버지, 다시 돌아왔습니다. 화내지 말아주세요. 아버지의 뜻대로라면 좀 더 참고 계속했어야 할 여행을 중도에서 그만두었습니다. 세상은 어디를 가봐도 다 똑같습니다. 고생하고 일하면 보람과 기쁨이 따릅니다. 그러나 그것이 무슨 소용이겠습니까? 저는 오직 아버지가 계신 곳만이 좋습니다. 저는 아버지 앞에서 괴로워도 하고 즐거워도 하고 싶습니다.'

하늘에 계신 아버지, 그래도 당신은 이 아들을 쫓아내시렵니까?

12월 1일

빌헬름! 지난번 편지에서 언급했던, 행복하고도 불행한 그 남자는 로테의 아버지 밑에서 서기로 일했다네. 그는 남몰래 로테를 사모하다가 마침내 사랑을 고백했고 그 때문에 파면당하고 끝내는 미쳐버렸지. 이 이야기를 들었을 때 내 마음은 떨렸다네.

이 무미건조한 글로나마 짐작해주기 바라네. 알베르트는 아주 냉정하게 이 이야기를 내게 전해주었네. 아마 자네도 그렇게 차분하게 이 글을 읽겠지.

12월 4일

제발 부탁이니 이해해주게. 나는 이제 끝장이야. 더 이상 참을 수가 없네! 오늘 나는 그녀 곁에 앉아 있었네. 앉아 있었단 말일세. 그녀는 피아노를 치고 있었지. 다양한 멜로디가 흘러나오고 온갖 감정이 흘러넘쳤네. 정말 갖가지 감정이었네. 자네는 어떻게 생각하나? 그녀의 어린 여동생이 내 무릎 위에서 인형에게 옷을 입혀주고 있었네.

내 눈에는 눈물을 맺혔네. 나는 고개를 숙였지. 문득 그녀의 결혼반지가 눈에 띄었네. 자꾸 눈물이 흘렀네. 갑자기 그녀는 꿈처럼 감미로운 옛 멜로디를 연주했네. 참으로 갑작스러운 일이었지. 마음을 울리는 감정과 추억에 빨려들었네. 옛날에 이 곡조를 들었을 때의 일들, 로테와 헤어져서 우울했던 때의 생각들, 화나던 일들 그리고 수포로 돌아가 버린 희망의 추억들이 주마등처럼 머릿속을 오갔네. 나는 일어나 방 안을 이리저리 거닐었네. 격렬한 감정이 쏟아져 나와 그녀 곁으로 다가가며 말했네.

"제발, 제발 그만두세요!"

그녀는 손을 멈추고 나를 뚫어지게 쳐다보았네. 그녀가 미소 지었네. 그 미소가 마음속에 사무쳤네.

"베르테르 씨, 아프신가 봐요. 제일 좋아하는 음식도 싫으시다니. 제발 부탁이니 집으로 돌아가세요! 기분을 가라앉히세요."

나는 도망치듯 그녀의 집을 떠났네. 아아, 신이여, 당신이 나의 불행함을 굽어보시고 이만 끝나게 해주소서.

12월 6일

그녀의 모습이 계속 나를 따라다니며 사라지지 않네. 어째서인지 모르겠네. 자나 깨나 내 마음은 그녀의 모습으로 꽉 차 있네! 눈을 감으면 바로 여기, 마음의 시력이 집중된 이마 속에 그녀의 검은 눈이 나타난다네. 바로 여기! 나는 자네에게 제대로 표현할 수가 없다네. 눈을 감으면 그 눈이 여기 보인다네. 바다와 같이, 심연과 같이, 그 눈은 내 앞, 나의 마음속에 고요히 잠겨서 내 모든 감각을 가득 채우고 있네.

반신半神이라 칭송받는 인간이란 존재는 과연 무엇이란 말인가? 혹시 힘이 가장 필요한 바로 그때에 힘이 모자라지 않을까? 기뻐 날뛸 때나, 슬픔에 잠겨 가라앉을 때나, 무한한 충만함 속으로 녹아들기 바라는 바로 그 순간에, 인간은 덜미를 잡힌 채 무디고 냉철한 의식 속으로 끌려 들어가는 게 아닐까?

편집자가 독자에게

주목할 만한 마지막 며칠 동안 우리들의 친구가 직접 쓴 기록이 많이 남아 있기를 원했습니다. 그렇다면 그가 남긴 편지를 나의 이야기로 중단할 필요가 없을 테니까요. 나는 그의 신상에 대해서 잘 알고 있을 만한 사람들의 입에서 정확한 정보를 수집하려고 노력했습니다. 그에 대한 이야기는 사소한 점을 제외하고는 서로 일치합니다. 다만 언급되고 있는 사람들의 성격에 대해서는 견해가 다르고 판단이 엇갈리고 있습니다.

　우리는 그저 계속 노력하여 알아낸 것들을 양심적으로 이야기하고 고인이 남긴 편지와 사소한 쪽지라도 소홀히 다루지 않을 뿐입니다. 평범하지 않은 사람들의 행동에서 근본적이고 참된 동기를 알아내는 것은 지극히 어려운 일이기 때문입니다.

　불만과 불쾌감이 베르테르의 마음속에 점점 깊이 뿌리를 내리고 점점 더 얽히고설켜 점차 그의 본질을 가려버렸습니다. 그 정신의 조화는 완전히 어긋나 성급하고 과격해져 그의 천성이 지닌 모든 힘은 혼란에 빠졌고 가장 불행한 결과를 만들어냈습니다. 마지막으로 그에게 남은 것은 피로뿐이었습니다. 그는 지금까지 불행과 싸워온 것보다 더 불안하게 이 피로에서 빠져나가려고 몸부림쳤습니다. 마음의 공포는 다른 정신의 힘, 활기차고 예리한 감성을 갉아먹었습니다. 사람을 사귀어도 그의 얼굴은 슬펐고 점점 더 불행해져감에 따라 남에게 부당하게 행동하게 되었습니다.

적어도 알베르트의 친구들은 그렇게 말하고 있습니다. 그들이 주장하기로, 알베르트는 순수하고 조용한 성격을 가진 인물로서 오랫동안 바라던 행복을 손에 넣고 나서 그 행복을 앞으로도 고이 간직해가길 원했지만, 베르테르는 이 같은 알베르트의 태도를 제대로 평가하지 못했다고 합니다. 말하자면 베르테르는 날마다 재산을 탕진하고 저녁이 되면 고민에 빠지는 것과 같았습니다. 그들은 알베르트가 그렇게 순식간에 변하지 않았으며 베르테르가 처음 알게 되었을 때와 다르지 않았고, 베르테르가 대단히 높이 평가하고 존경했던 모습 그대로였다고 합니다. 알베르트는 로테를 누구보다 사랑하고 자랑스럽게 여겼으며, 그녀가 훌륭한 여성이라는 것을 다른 사람에게서 인정받고 싶어 했다는 것입니다. 그러니 알베르트가 조금이라도 의혹을 빚어낼 만한 일을 피했다고 해서, 또는 그런 일이 염려될 때, 단순하게 귀중한 보물을 누구와도 나누려 하지 않았다고 해서, 나쁘게 생각할 수 있겠습니까?

그뿐 아니라 그들은, 베르테르가 로테를 찾아갔을 때 가끔 알베르트가 아내의 방에서 나와버렸다는 사실도 인정합니다. 그러나 그것은 친구인 베르테르에 대한 반감이나 증오심에서가 아니었고, 자기가 그 자리에 있으면 베르테르가 압박을 받는다고 느꼈기 때문이라고 합니다.

로테의 아버지는 병환 때문에 방에서만 지냈습니다. 그래서 로테는 아버지가 보내준 마차를 타고 부친에게 갔습니다. 날씨 좋은 겨울이었고 첫눈이 내려 온통 눈으로 덮여 있었습니다. 베르테르는 다음 날 아침 그녀의 뒤를 따라갔습니다. 알베르트가 그녀를 데려오지 않을 경우를 대비해 집에 함께 돌아가기 위해서였습니다. 화창한 날씨도 그의 우울함을 나아지게 하지 못했습니다. 그의 마음이 옥죄여 슬픔이 떠나지 않았고 한 가지 슬픈 생각에서 다른 슬픈 생각으로 옮아갈 뿐이었습니다. 그는 자신에 대한 끝없는 불안 속에서 살았기 때문에, 다른 사람들의 삶도 점점 더 수상하고 혼란스럽다고 느꼈습니다. 그는 알베르트와 그의 아내 로테의 아름다운 관계를 자신이 파괴했다고 생각했기 때문에 스스로를 비난했습니다. 하지만 그런 비난 속에는 그녀의 남편에 대한 불만도 섞여 있었습니다. 어떤 일을 해도 그런 생각이 떠올랐던 것입니다. 그는 불만스레 자신에게 말했습니다.

'그래, 그렇고말고. 정답고 친절하고 어떤 일에도 터놓고 지내는 다정스러운 교제란 그런 것이야! 침착하고 영속적인 신뢰도 그런 것이야! 아니야, 그것은 권태와 무관하다! 그 훌륭하고 소중한 아내보다도 보잘것없이 하찮은 일들에 더 마음을 쏟고 있지 않은가? 그는 도대체 자기의 행복을 제대로 알기나 하는 것인가? 그녀에게 합당한 존중을 보이고 있는가? 그는 그녀를 소유하고 있다. 어찌 되었든 그녀를 가지고 있는 것이다. 무엇보다도 나는 그것을 알고 있다. 이런 생각에 이미 익숙해졌다고 생각하지만 그래도 그런 생각을 하면 나는 미칠 것만 같다. 그런 생각이 나를 죽일 것이다. 나에 대한 우정이 계속되어 왔단 말인가? 로테에 대한 나의 사랑을 자신의 권리에 대한 침해라고 여기고, 그녀에 대한 나의 관심을 가만히 비난하고 있지는 않을까? 나는 그런 것을 잘 알고 있네. 뼈저리게 느끼고 있네. 알베르트는 날 만나기를 꺼리고, 내가 떠나기를 바라고 있다. 그에게 내가 성가신 것이 분명하다.'

베르테르는 몇 번이나 걸음을 멈추고 가만히 서서 되돌아가려는 듯이 보였습니다. 하지만 계속 앞으로 나아갔고 이런저런 일을 생각하면서 혼잣말을 하기도 했습니다. 결국 그렇게 간신히 수렵 별장에 당도한 그는 문에 들어서자마자 노인과 로테의 거처를 물었죠. 집 안의 움직임이 부산한 것을 눈치챘습니다. 그때 맏아들이 말했습니다. 발하임에서 불상사가 일어나 농부 한 사람이 타살되었다는 것입니다! 하지만 베르테르는 그리 특별한 인상을 받지는 못했습니다. 그는 방으로 들어갔습니다. 노인은 병을 무릅쓰고 범행 현장을 조사

하러 떠나려 하고 로테는 간신히 노인을 말리고 있었습니다. 범인은 아직 밝혀지지 않았습니다. 피해자는 아침에 현관에서 발견되었습니다. 사람들이 추측하기로는 피살자는 어느 미망인의 집에서 일한 일꾼이라고 합니다. 미망인은 예전에 그 일꾼을 고용했지만 그는 불만이 있어 집을 나갔다고 합니다.

이 말을 듣고 베르테르는 펄쩍 뛰며 외쳤습니다.

"이럴 수가! 가봐야 합니다. 가만히 있을 수 없는 일입니다."

베르테르는 발하임으로 급하게 떠났습니다. 지난 일이 하나하나 생생하게 되살아났습니다.

그토록 자주 이야기를 나누었고 그동안 중요한 존재가 되어버린 그 사나이가 범행을 저질렀다는 것을 그는 조금도 의심하지 않았습니다.

시체가 있는 그 주막으로 가기 위해서는 보리수 사이를 지나야 했습니다. 그제까지 그토록 좋아했던 장소가 갑자기 낯설고 무서웠습니다. 근처 어린애들이 즐거워하며 놀던 그 문지방은 피로 물들었습니다. 인간의 가장 아름다운 감정이라 할 수 있는 사랑과 성실이 폭력과 살인에 휩싸인 것입니다. 그 듬직한 보리수들은 잎사귀가 다 떨어지고 서리로 뒤덮였고, 묘지의 나지막한 돌담 위를 뒤덮었던 아름다운 산울타리는 잎사귀가 다 떨어져 그 위로 눈 덮인 비석들이 엿보였습니다.

주막 앞에는 온 마을 사람들이 모였는데, 베르테르가 다가가자 갑자기 고함소리가 들려왔습니다. 멀리 무장한 사람들이 무리지어 몰려왔기 때문입니다. 사람들은 범인이 잡혀 온다며 외치고 야단이었습니다. 베르테르가 그쪽을 바라보니, 그자는 바로 그 미망인을 일편단심으로 사랑하던 머슴이 분명했습니다. 얼마 전에도 베르테르는 남몰래 분노와 절망을 품고 헤매던 그를 보았습니다.

"이게 무슨 짓인가, 정말 딱한 사람이군!"

베르테르는 소리치면서 체포된 사내 옆으로 달려갔습니다. 사내는 침묵한 채 그를 쳐다보다가 아주 태연하게 대답했습니다.

"아무도 그 여자를 차지하지 못할 겁니다. 그 여자도 다른 사내를 얻지 못할 겁니다."

사내는 음식점 안으로 끌려갔고 베르테르는 급히 그곳을 떠났습니다.

놀라움과 벅찬 감동으로 베르테르의 마음은 송두리째 흔들려 뒤죽박죽이 되었습니다. 그는 자신의 슬픔, 불만, 냉담한 자포자기로부터 벗어날 수 있었습니다. 그는 견디기 어려운 동정심에 사로잡혔고, 그 사내를 구해주고 싶은 강력한 욕망에 휩싸였습니다. 그 사내가 너무나 불쌍했습니다. 설사 범인이더라도 그와 자신의 처지를 비교해보면 다른 사람들도 설득할 수 있다고 믿었습니다. 베르테르는 그 사내를 변호하고 싶었습니다. 열렬한 변호가 목구멍을 너머 입까지 차올랐습니다. 그는 수렵 별장을 향해 급히 걸어가는 동안 법관 앞에서 진술할 말을 반쯤 소리 내어 외울 지경이었습니다.

방에 들어가 보니 알베르트가 있었고 베르테르는 순간 기분이 상했습니다. 그는 마음을 가다듬고, 법관에게 자신의 의견을 불을 뿜 듯 열렬히 토로했습니다. 법관은 서너 번 고개를 저었습니다. 베르테르가 정열과 진심을 다해 다른 사람을 위해 변호하는 데 필요한 말들을 남김없이 동원했건만, 법관은 조금도 감동하지 못했습니다. 우리 친구의 말이 끝나기를 기다리지도 않고, 강경하게 반박하며 그가 살인범을 옹호하고 있다고 오히려 베르테르를 비난했습니다. 베르테르의 방식대로라면 모든 법률은 무효가 되고 국가의 질서는 완전히 파괴되고 말 것이라고 주장한 다음, 이런 일에는 어떤 조치를 취하든지 간에 항상 자기가 최고의 책임자라는 점을 명심해야 하며 모든 일은 규칙대로 질서정연하게 처리되어야 한다고 했습니다.

베르테르는 그래도 굽히지 않고 그 사람이 도망치도록 도와주는 사람이 있더라도 너그럽게 봐달라고 간청했습니다. 법관은 그 간청조자 들어주지 않았습니다. 마침내 알베르트마저 이야기에 끼어들어 늙은 법관의 편을 들었습니다. 베르테르는 결국 그 두 사람의 완강함에 압도되고 말았습니다.

"안 됩니다. 그 사람을 구원할 방법은 없습니다."

법관의 말을 듣고서, 베르테르는 말할 수 없이 괴로운 표정을 지으며 떠났습니다.

이 말이 얼마나 베르테르에게 심한 충격을 주었는지에 대해서는 그의 서류에 포함된 쪽지 한 장을 보아도 알 수 있습니다. 그것은 틀림없이 그날 쓰인 것입니다.

"그대는 구원받을 수 없다. 불쌍한 인간! 우리가 살아갈 수 없다는 사실을 나는 잘 알고 있다."

알베르트가 법관 앞에서 체포된 사람에 대해 진술했던 말은 베르테르의 심기를 매우 상하게 했습니다. 그 말에 자신에 대한 반감이 숨어 있다고 느꼈기 때문입니다. 원래 그는 두뇌가 명석했기 때문에 두 사람의 말이 옳다는 것을 모를 리 없었지만, 막상 그것을 고백하고 승인한다면 자기 존재의 가장 중요한 부분을 버릴 수밖에 없다고 느꼈습니다.

이것과 관련된 쪽지가 그의 서류에서 발견되었는데, 아마도 베르테르와 알베르트와의 관계를 여지없이 잘 표현하는 것이라 생각됩니다.

"그가 훌륭하고 착한 사람이라고 되풀이해서 말해보았자 무슨 소용이 있겠는가! 나의 내장이 갈기갈기 찢기는 듯하다. 나는 도저히 공정할 수 없다."

포근한 저녁이었고 눈이 녹기 시작했기 때문에 로테는 알베르트와 함께 걸어서 돌아왔습니다. 그녀는 걸으면서 몇 번이나 뒤돌아보았는데 마치 베르테르가 따라오지 않는 것을 서운해하는 것 같았습니다. 알베르트는 베르테르에 대해 공평한 태도를 취했지만 그를 비난했습니다. 알베르트는 베르테르의 불행한 정열에 대해서 언급하고 가능하다면 그를 멀리하고 싶다고 말했습니다.

"우리 두 사람을 위해서도 그것이 바람직하다고 생각해요. 제발 부탁이니, 앞으로 그가 당신에 대한 태도를 바꾸도록 힘쓰세요. 너무 자주 집으로 찾아오지 않도록 말이에요. 자연히 세상 사람들의 이목을 끌게 될 거에요. 벌써 여기저기 소문이 돌고 있다는 걸 나는 알고 있어요."

로테는 아무 말도 하지 않았는데, 그녀의 침묵이 알베르트의 마음에 걸렸던 모양이었습니다. 적어도 그때부터 알베르트는 두 번 다시 로테에게 베르테르에 대해 말하지 않았으며, 로테가 베르테르의 이야기를 해도 그는 중간에 이야기를 그만두거나 다른 데로 화제를 돌려버리곤 했습니다.

베르테르가 그 불쌍한 사내를 구해보려 온 힘을 기울였던 것은 꺼져가는 등불의 마지막 깜빡임에 불과했습니다. 그는 더 깊은 고통과 허무 속으로 빠져들었습니다. 특히 범인이 범행을 완강히 부인하는 터라 그가 반대 증인으로 소환될지도 모른다는 소식을 들었을 때, 베르테르는 쓰러질 것만 같았습니다.

이제껏 사회생활에서 겪었던 모든 불쾌한 일, 공사관에서 일어났던 화나는 일, 지금까지의 모든 실수와 참아왔던 일 등이 주마등처럼 머릿속을 스쳐갔습니다. 그는 이러한 일을 겪었기 때문에 자기가 허송세월하게 된 것도 당연하다 싶었습니다. 장래에 대한 희망이 사라지고 사회 활동을 하려고 해도 발붙일 기회가 없어졌다고 생각했습니다. 자기의 희한한 감정과 사고방식, 끝없는 정열에 몸을 맡기고, 사랑하는 여인과 슬픈 관계를 단조롭게 지속하면서, 그녀의 평화를 해치고 동시에 부질없이 정력을 소모했기 때문에 점점 더 슬픈 종말을 향해 다가갔습니다. 그의 정신적 혼란, 끊임없는 몸부림과 정렬, 생의 권태 등에 대해서 그가 남긴 몇 통의 편지가 강력한 증거입니다. 여기에 편지들을 소개하겠습니다.

12월 12일

사랑하는 빌헬름, 나는 마귀에 쫓기는 듯한 그 불행한 자가 처해 있을 상태에 놓여 있네. 때때로 나는 정체를 알 수 없는 것에 사로잡힌다네. 불안도 아니고 욕망도 아니야. 그것은 나의 가슴을 갈기갈기 찢어버릴 듯이 위협하고 나의 목을 졸라매는 알 수 없는 마음속의 광란이라네. 가슴 아프고 슬프다! 이런 때에 나는 인간의 적이라고도 할 수 있는 무서운 밤 속을 정처 없이 헤맨다네.

엊저녁에 나는 밖에 나가지 않을 수 없었다네. 갑자기 눈이 다 녹았지. 강과 개천이 넘쳐나 발하임에까지 물이 흘러 내가 사랑하는 골짜기가 잠겼다고 하더군. 밤 열한 시가 지났지만 나는 집을 뛰쳐나갔네. 넘쳐흐르는 홍수가 바위에 부딪치고 달빛에 반짝이며 소용돌이쳤지. 밭이고, 목장이고, 산울타리고 할 것 없이 홍수에 뒤덮였고, 그 넓은 골짜기는 몰아치는 폭풍 속에 거세게 물결치고 있었네. 숨었던 달이 다시 검은 구름 위로 솟아오르자, 눈앞의 물결은 소름

끼치도록 장엄하게 달빛을 반사하고 소리 내며 흘러갔네.

그 순간 나는 몸서리쳤네. 이윽고 동경심과도 같은 것이 엄습했다네. 나는 두 팔을 벌리고 심연을 향해 선 채로 깊이 숨을 내쉬었네. 아래로! 저 아래로! 나의 괴로움과 슬픔이 성난 파도에 휩쓸린 것처럼 기쁨에 잠겨 나는 정신을 잃었다네. 아아! 그러나 나는 땅에서 발을 떼어 모든 괴로움을 단번에 없애지는 못했네. 내 생명의 시계는 아직 끝나지 않았다는 사실을 느꼈네. 아, 빌헬름, 저 비바람을 가지고 구름을 갈기갈기 찢고 홍수를 일으키기 위해서라면 내 생명을 얼마나 기꺼이 바치고 싶었는지 모른다! 이승에 사로잡힌 이 몸에도 그런 기쁨이 주어지지 않겠는가?

무더울 때 산책을 하다가 내가 로테와 함께 쉬어 갔던 버드나무 그늘 아래 아담한 장소를 슬픈 기분으로 내려다보자, 그곳 역시 물이 넘쳐흘러 나무조차 알아볼 수 없을 정도였네! 빌헬름, 그녀의 목장과 수렵 별장 주변도 그렇겠지. 우리들의 정자도 지금쯤 물살에 휩쓸려 볼품없게 되었겠지. 그런 생각을 하고 있자니 마치 감옥에 갇힌 사람들의 마음속에 가축이나 목장, 출세에 대한 꿈이 비치듯 지난날의 태양이 비추었지. 나는 그대로 서 있었네. 나는 죽을 용기를 지니고 있으니 자신을 책망하지는 않을 걸세. 나는 차라리…….

자, 그런데 나는 여기 이렇게 앉아 있다네. 아무 즐거움도 모르고 죽음에 다가가고 있는 목숨을 조금이나마 연장하려고 구걸하는 것과도 같네.

12월 14일

사랑하는 친구, 도대체 이것은 어찌된 일일까? 나는 내가 무섭다네! 그녀에 대한 나의 사랑은 가장 신성하고 순결한 것이 아닌가? 내 마음속에 불순한 소망을 품었던 적이 있었던가? 뭐라고 단언할 생각은 없네.

꿈을 꾸었다네. 아아! 이렇게 모순되는 갖가지 작용을 불가사의한 힘의 탓으로 돌렸던 옛사람들의 느낌은 얼마나 절실했을까? 지난밤이었네! 말만 해도 내 몸이 떨리는군. 그녀를 팔에 안고서 내 가슴에 사랑을 속삭이는 그녀의 입에 한없이 키스를 퍼부었지. 나의 눈은 그녀의 눈에서 이글거렸네. 아아! 내가 지금도 그 불타는 듯한 즐거움을 깊이 되새기며 행복을 느낀다고 해서 죄의식을 가져야 할까? 로테, 로테! 나는 다 틀려버렸네. 나의 감각은 혼란스럽고 일주일 동안의 기억도 사라졌네. 나의 눈에는 눈물이 가득하네. 어디를 가도 유쾌하지 못하네. 아니, 어디를 가도 기분이 좋다고 할 수도 있네. 나는 아무것도 바라지 않으며 아무것도 요구하지 않는다네. 이제 떠나는 것이 나을 것 같네.

이쯤에서 세상을 떠나겠다는 결심은 점점 굳어졌습니다. 로테에게 돌아온 이후로는 그것이 그의 마지막 기대이며 희망이 되었습니다. 하지만 지나치게 서둘러서는 안 된다고 생각하며, 되도록 냉정하게 확신을 가지려고 스스로를 타일렀습니다.

회의와 갈등을 한 쪽지에서 엿볼 수 있습니다. 빌헬름에게 보내는 편지의 서두인 듯한 쪽지는 날짜도 없이 그의 서류 속에서 발견되었습니다.

그녀의 존재, 그녀의 운명, 나의 운명에 대한 그녀의 동정, 이런 것들이 나의 다 타버린 머리에서 아직도 눈물을 자아내고 있다네.

커튼을 걷고 안으로 들어가면 모든 것이 끝나버린다네! 그런데 왜 주저하고 두려워하는가? 그 안에서 어떻게 될지 몰라서 그러는가? 아무도 다시 돌아오지 않았기 때문인가? 그 안에 혼란과 암흑이 있으리라 예상해보는 것은 우리들의 정신적 특성이 아니겠는가.

결국 베르테르는 슬픈 생각에 점점 익숙해졌고 그의 결심은 굳어져 돌이킬 수 없게 되었습니다. 중의적으로 해석될 수 있는, 그가 친구에게 써 보낸 편지에 그 사실이 드러나 있습니다.

12월 20일

빌헬름, 그렇게 해석해준 자네의 우정에 감사하네. 자네의 말이 옳다네. 내가 물러나는 편이 좋을 듯하네. 하지만 돌아오라는 자네의 제안은 받아들일 수 없네. 나는 좀 더 떠돌다가 돌아가고 싶네. 자네가 나를 데리러 오겠다고 해주니 정말 고맙지만 이 주일만 미뤄주게. 그리고 다음 일은 편지에 써 보낼 테니 기다려주게.

무슨 일이든 무르익기 전에 따버리지 않도록 해야 하네. 이 주일 빠른 것과 늦는 것의 차이는 중대하다네. 어머니께는 아들을 위해 기도해달라고 말씀드려주게. 또한 어머님께 끼쳐드린 걱정에 대해 용서해주시기를 간절히 바라고 있다는 말도 전해주게. 즐겁게 해주어야 할 사람들을 슬프게 하는 것은 나의 운명이라네. 잘 있게, 나의 다시없이 소중한 친구, 하늘의 모든 축복이 자네와 함께하기를! 잘 있게.

그 무렵 로테가 남편에 대해 품은 마음, 불행한 베르테르에 대한 마음이 어떠했을지, 우리는 표현을 자제하려고 합니다. 그녀의 인품을 알고 있으니 남몰래 상상할 수도 있습니다. 아름다운 마음씨를 가진 부인의 마음을 짐작해서 그녀와 함께 느낄 수도 있기는 합니다.

로테는 베르테르를 멀리하기 위하여 온갖 노력을 다하겠다고 굳게 결심한 것만은 틀림없습니다. 그것은 진정으로 우정에서 우러나온 마음이었습니다. 그렇게 하는 것이 베르테르에게는 너무나 아픈 일이며 그가 견딜 수 없다는 것을 그녀는 알고 있었지만 그즈음 그녀는 단호한 태도를 취해야만 할 상황에 처해 있었습니다. 그런 형편에 대해 그녀는 말하지 않았고 남편 역시 아무 말도 하지 않았습니다.

로테로서는 남편의 마음가짐에 비해 자신의 마음가짐이 손색이 없다는 것을 행동으로 보여줄 필요가 있었습니다. 마지막에 첨부한 편지가 쓰인 바로 그날, 그날은 크리스마스 전 일요일이었지만 저녁 때 베르테르는 로테를 방문했습니다. 로테는 어린 동생들을 위해 크리스마스 선물로 준비한 장난감을 정리하는 중이었습니다. 베르테르는 아이들이 좋아할 거라고 말했습니다. 어린 시절 예기치 않게 문이 열리고 촛불이나 과자, 사과 등으로 장식된 크리스마스트리가 나타났을 때 마치 천국인 양 황홀해하던 이야기도 했습니다.

상냥한 미소 속에 난처한 기색을 감추며 로테가 말했다.

"당신에게도 선물을 드리겠어요. 점잖게 행동하신다면 말이죠. 조그마한 초라든지…… 또 다른 것도."

"로테 양, 어떻게 하면 되는 겁니까, 어떻게 하면 되지요?"

"목요일이 크리스마스이브예요. 그때는 아이들도 오고 아버지께서도 오시지요. 그리고 모두 선물을 받을 거예요. 그때 당신도 오세요. 그 전에는 안 됩니다."

베르테르는 망설였습니다.

"부탁이에요. 일단 그렇게 하기로 했어요. 저의 안정을 위해 드리는 부탁입니다. 안 되겠어요. 이대로 가다가는 안 되겠어요."

로테가 말했습니다.

베르테르는 로테에게서 눈길을 돌리고 방 안을 이리저리 거닐며 혼자 중얼거렸습니다.

"이대로 가다가는 안 되겠어요."

로테는 이 말로 인해서 그가 얼마나 위험한 상태에 놓이게 되었는지를 알아차리고 다른 질문을 해서 그의 생각을 돌려보려 했지만 소용이 없었습니다.

"아닙니다, 로테 양. 당신을 다시는 만나지 않을 겁니다!"

베르테르는 소리쳤습니다.

"왜 그런 말을 하시죠? 베르테르 씨, 당신은 우리들을 다시 만날 수 있고 만나주셔야 합니다. 다만 적당히 해주세요. 참, 당신은 어째서 한번 움켜잡은 것에 그렇게 격렬하고 억제할 수 없는 열정을 쏟으며 집착한단 말입니까! 제발요."

로테는 그의 손을 잡고서 계속 말했습니다.

"정도에 맞게 해주세요. 당신의 지성이나 학문, 재능이 당신을 즐겁게 해줄 수 있어요. 남자답게 행동하세요! 당신을 딱하게 여기는 것밖에 할 수 있는 일이라곤 아무것도 없는 한 사람에 대한 슬픈 애착을 버리세요."

그는 이를 악물고 음울하게 그녀를 쳐다보았습니다. 그녀는 그의 손을 붙잡은 채 말했습니다.

"잠시라도 좋으니 마음을 진정시키세요, 베르테르 씨! 당신은 자기 자신을 속이고 있어요, 스스로 몸을 망가뜨리고 있다는 걸 느끼지 못하나요? 어째서 저 같은 사람을, 베르테르 씨? 하필이면 저를, 딴사람의 소유가 된 저를? 꼭 저라야 하나요? 걱정입니다. 나를 소유할 수 없다는 그 사실이 당신의 소망을 더욱 자극하는 건 아닌지 걱정이 됩니다.”

베르테르는 꼼짝도 하지 않고 못마땅한 눈초리로 그녀를 바라보며 그녀의 손에서 자기 손을 잡아 뺐습니다.

“현명하시군요! 대단히 현명하십니다. 필경 알베르트가 그런 주의를 주었겠지요. 정략적이군요. 지극히 정략적입니다!”

“그런 주의는 누구나 줄 수 있는 것이지요. 이 넓은 세상에 당신의 소원을 들어줄 만한 여인이 하나도 없을 리가 있나요? 꼭 한번 찾아보세요. 틀림없이 찾을 수 있을 거예요. 우린 꽉 막힌 생각에 사로잡혀 있는 당신을 보고 벌써부터 당신과 우리를 걱정하고 있답니다. 마음을 다잡고 한번 시도해보세요! 여행을 하면 기분이 나아질 거예요. 틀림없이 그럴 거예요! 구해보세요. 당신의 사랑을 받을 만한 가치 있는 상대를 찾으면 돌아오세요. 그러면 우리 모두 참다운 우정의 기쁨을 느끼게 될 거예요.”

베르테르는 차갑게 웃으면서 말했습니다.

“책으로 펴내서 가정교사들에게 나누어주어도 좋을 말이군요. 로테 양, 잠깐만 나를 가만히 내버려두세요. 그러면 모든 게 끝날 겁니다!”

“베르테르 씨, 크리스마스이브 전에는 오지 마세요!”

베르테르가 대답하려는 찰나에 알베르트가 방 안으로 들어왔습니다. 그들은 차갑게 저녁 인사를 나누고 당황한 듯이 방 안을 이리저리 거닐었습니다. 베르테르는 쓸데없는 이야기를 시작했으나 곧 그만두었고 알베르트도 마찬가지였습니다. 그러고 나서 그는 아내에게 부탁해놓았던 용건에 대해 물었습니다. 그것이 아직 처리되지 않았다는 말을 듣고 알베르트는 그녀에게 몇 마디 말을 건넸는데 베르테르는 그것이 냉정하다고, 아니 아주 냉혹하다고 여겼습니다. 베르테르는 떠나려고 했지만 여덟 시까지 망설였습니다. 그의 불만과 불쾌함이 점점 커져 갔고 식사 준비가 끝났을 때 모자와 단장을 손에 들었습니다. 알베르트는 더 머물다 가라고 권했지만 베르테르는 무의미한 인사치레를 쌀쌀하게 거절하고 떠나갔습니다.

그는 집으로 돌아왔습니다. 발밑을 비춰주던 하인에게서 등을 받아 들고 그는 혼자 방으로 들어가 소리 내어 울었습니다. 그는 흥분하여 혼잣말을 지껄이고 요란스레 방 안을 왔다 갔다 하다가 옷을 입은 채 침대에 몸을 던졌습니다. 열한 시쯤 하인이 장화를 벗겨드려도 괜찮겠냐고 물어보려 방으로 들어왔을 때에도 베르테르는 여전히 쓰러져 있었습니다. 베르테르는 하인에게 신을 벗기게 하고는 다음 날 아침 그가 부르기 전에는 들어오지 말라고 일렀습니다.

12월 21일, 이른 아침 그는 로테에게 편지를 썼습니다. 이 편지는 그가 죽은 후 봉해진 채 책상 위에서 발견되어 그녀에게 전달된 것입니다. 여러 가지 사정 때문에 띄엄띄엄 써 내려간 편지를 여기에 순서대로 첨부합니다.

"결정되었습니다. 로테 양, 나는 죽으려고 합니다. 나는 이 편지를 당신을 마지막으로 만나게 될 날 아침에 조금도 감정의 과장 없이 태연한 마음으로 당신에게 쓰고 있습니다. 당신이 이 편지를 읽을 무렵에는 나의 사랑하는 그대여, 생의 마지막 순간에도 당신과 이야기를 나누는 것보다 더 큰 즐거움을 모르던 불행하고 불안했던 사내의 굳어버린 시체를 차가운 무덤이 덮고 있을 것입니다.

　나는 무서운 밤을 보냈습니다. 그러나 아아, 그것은 자비로운 밤이기도 했습니다. 죽기로 한 나의 결심을 굳히고 결정지은 것은 바로 그 밤이었습니다. 어제 극심한 흥분상태에서 뿌리치듯 당신 곁을 떠났을 때, 그 모든 것이 마음속에 치밀어 올라 당신 곁에서 희망도 없고 기쁨도 없는 내 존재가 소름이 끼칠 정도로 섬뜩하게 나를 사로잡았을 때, 나는 간신히 내 방에 도착해 정신없이 무릎을 꿇었습니다.

　아, 하나님이시여! 당신은 마지막 위안으로서 나에게 쓰디쓴 눈물을 베풀어주셨습니다! 수없이 많은 계획과 희망이 내 마음속에서 날뛰었습니다! 그 생각이 이제 확고하고 완전해졌습니다. 죽겠다는 마지막 생각이……. 나는 누웠습니다. 그리고 아침에 깨었을 때 침착한 기분 속에 죽겠다는 결심은 여전히 확고하게 마음속에 자리하고 있습니다. 내가 끝까지 참고 견디어냈다는 것, 내가 당신을 위해 내 몸을 바친다는 것, 그것은 절망이 아니고 확신입니다. 그렇지요, 로테 양! 내가 어째서 침묵을 지켜야 한단 말입니까?

　우리들 세 사람 중 누구인가 한 사람이 사라져야 합니다. 내가 사라지겠습니다. 아아, 그리운 그대여! 이 갈기갈기 찢겨진 가슴 속에 이런 생각이 남몰래 스며들기도 했습니다. 때때로 당신의 남편을 죽이자! 당신을! 나를! 그런 것은 아무래도 좋다! 아름다운 여름날 저녁 그 산에 오르게 되거든 내가 자주 그 골짜기에 올라갔던 것을 기억해주십시오. 그리고 나의 무덤을 바라보며 석양빛을 받은 무성한 풀들이 바람에 이리저리 흔들리는 것을 보아주십시오. 이 편지를 쓰기 시작했을 때 나는 냉정을 찾았습니다. 그런데 지금은, 지금은 어린애처럼 울고 있습니다. 그 모든 것이 내 주위에 생생하게 떠오르기 때문이지요."

열 시쯤 베르테르는 하인을 불렀습니다. 그는 옷을 입으면서 이삼일간 여행을 떠나겠으니 의복을 손질해서 트렁크에 꾸려놓으라고 일렀습니다. 그는 서둘러 하인에게 계산서들을 정리하게 하고 빌려준 책들을 도로 찾아오고 매주 얼마씩 보태주었던 몇몇 가난한 사람들에게 두 달치를 미리 내주라고 명령했습니다.

그는 식사를 방으로 가져오도록 했습니다. 식사 후 그는 말을 타고 법관을 찾아갔지만 법관은 부재중이었습니다. 그는 깊은 생각에 잠겨 정원을 거닐었습니다. 마지막까지도 온갖 추억의 슬픔을 가슴속에 쌓아두려는 듯했습니다. 아이들은 그를 가만히 내버려두지 않았습니다. 그의 뒤를 쫓아와서 이야기를 쏟아냈습니다. 내일, 모레 그리고 또 하루만 지나면 로테 누나에게로 가서 크리스마스 선물을 받는다고 종알거렸습니다. 그리고 자신들이 기대하고 있는 기적에 대해서도 말했습니다.

"내일, 모레 그리고 또 하루가 지나면!"

베르테르는 외쳤습니다. 그러고는 아이들에게 진심을 담아 입을 맞추고 작별하려 했습니다. 그때 어린 사내아이가 무엇인가 귀에 대고 말하려 했습니다. 그 사내아이는 남몰래 형들이 크고 아름다운 연하장을 썼다고 속삭였습니다. 하나는 아빠에게, 다른 하나는 알베르트와 로테에게 그리고 베르테르 아저씨에게도 한 장을 썼다고, 설날 아침에 주겠다는 것입니다. 베르테르는 그 말을 듣고 견딜 수가 없었습니다. 그는 아이들에게 조금씩 돈을 주고 말에 올라 앉아 노인에게 인사를 전해드리라고 부탁했습니다. 그러고는 눈물을 글썽거리며 그곳을 떠났습니다.

다섯 시쯤 그는 집으로 돌아왔습니다. 그는 하녀에게 불을 밤중까지 꺼지지 않도록 살피라고 했습니다. 하인에게는 아래층의 트렁크에 책과 옷가지를 꾸리라고 명했습니다. 옷은 차곡차곡 개고 꿰매어 놓으라고 일렀습니다. 그러고는 로테에게 보낼 마지막 편지에 이런 구절을 쓴 것으로 보입니다.

"당신은 내가 오리라고는 예상하지 못하겠지요. 당신 말대로 크리스마스이브에나 나를 다시 만나게 되리라고 믿고 있을 테니까요. 아아, 로테 양! 오늘이 아니면 다시는 없습니다. 크리스마스이브에 당신은 이 편지를 손에 들고서 떨며 당신의 사랑스러운 눈물로 편지를 적실 겁니다. 나는 기어코 그렇게 하렵니다. 그렇게 하지 않을 수 없지요! 아아, 결심을 하고 나니 얼마나 기분이 상쾌한지 모르겠군요."

로테는 그동안 이상한 상황에 처해 있었습니다. 베르테르와 마지막으로 만난 후 그와 헤어지는 것이 얼마나 어려운 일이며 헤어져야 한다면 베르테르가 얼마나 슬퍼할 것인지 절실히 느끼게 되었습니다. 베르테르가 크리스마스이브 전에는 오지 않으리라는 것을 알베르트에게 슬며시 말해두었습니다. 그때 알베르트는 근처에 있는 관리에게로 말을 몰고 갔으며 처리할 일 때문에 그날 밤은 거기서 머물렀습니다.

그녀는 홀로 앉아 있었습니다. 주변에는 동생들도 없었습니다. 그녀는 조용히 자신의 처지를 살피며 생각에 잠겼습니다. 그녀는 지금의 남편과 영원히 맺어진 자신의 모습을 보았습니다. 남편의 사랑과 성실함을 잘 알고 있었고 그를 진정으로 사랑했습니다. 성실한 아내로서 남편의 침착한 태도와 믿음직한 모습에 일상의 행복을 더하도록 하늘이 정해주신 것만 같았습니다. 그녀는 남편이 자기나 아이들에게 앞으로 영원히 어떤 존재가 될지를 알고 있었습니다. 하지만 베르테르도 그녀에게는 대단히 귀한 존재였습니다.

처음 알게 된 순간부터 둘의 마음은 아름다운 조화를 이루었고 그와 오랫동안 사귀면서 경험한 여러 가지 일들이 그녀의 마음에 짙은 인상을 남겼습니다. 그녀가 재미있다고 느끼거나 생각한 모든 일을 베르테르와 함께했습니다. 그러니 그가 멀리 떠난다는 것은 그녀에게 다시 메울 수 없는 공백을 남길 것만 같았습니다. 아아, 이 순간, 베르테르를 형제로 바꿀 수만 있다면! 베르테르를 그녀의 친구와 결혼시킬 수만 있다면! 그와 알베르트가 예전의 관계로 돌아갈 수만 있다면!

로테는 친구들을 차례로 떠올려보았으나 조금씩 결점이 보여 베르테르를 기꺼이 내줄 만한 사람을 찾을 수 없었습니다. 이런저런 생각 중에 분명히 의식했던 것은 아니지만 자신을 위해 그를 곁에 두는 것이 진정한 소원이라는 것을 처음으로 느끼게 되었습니다. 하지만 그를 붙잡아둘 수는 없다, 붙잡아두어서는 안 된다고 스스로 타일렀습니다. 순결하고 아름다우며 경쾌했던 마음이 행복에 대한 희망이 허락되지 않자 우울하고 갑갑해졌습니다. 가슴이 무겁게 조여오고 어두운 그림자가 그녀의 눈 위로 드리웠습니다.

여섯 시 반이 되었을 무렵, 그녀는 계단을 오르는 소리를 들었습니다. 베르테르의 발소리임을 곧 알 수 있었습니다. 그녀의 가슴이 뛰기 시작했습니다. 그가 찾아왔을 때 이토록 심장이 고동쳤던 것은 처음이었습니다. 집에 없는 척 베르테르를 속이려고도 생각했습니다. 그가 들어왔을 때 흥분하고 당황해서 그녀는 베르테르를 향해 소리쳤습니다.

"약속을 지키지 않으셨군요."

"나는 아무것도 약속한 적이 없습니다."

"그래도 제 소원을 들어줄 수는 있잖아요? 우리 둘 모두를 위해 부탁했으니까요."

로테는 자기가 무슨 말을 하고 있는지도 알지 못했습니다. 베르테르와 단둘이 있는 것을 피하기 위해 친구를 서너 명 불렀을 때에도 자기가 무슨 짓을 하는지 몰랐습니다. 베르테르는 가지고 온 책 두세 권을 내려놓고 다른 사람들은 어디 있느냐고 물었습니다. 그녀는 친구들이 와주기를 바라기도 하고 한편으로는 그들이 오지 않았으면 좋겠다고 바라기도 했습니다. 하녀가 돌아와 두 아가씨 모두 오지 못한다는 전갈을 전했습니다.

로테는 하녀를 옆방에서 일하게 하려다가 생각을 바꾸었습니다. 베르테르는 방 안을 이리저리 거닐었습니다. 그녀는 피아노로 가서 대무곡을 치기 시작했습니다. 마음먹은 대로 연주를 할 수 없었습니다. 그녀는 정신을 가다듬고 베르테르 옆에 조용히 앉았습니다. 그는 평소에 늘 앉던 긴 의자에 앉아 있었습니다.

"읽을 것이 없나요?" 그녀가 물었습니다. 베르테르는 아무것도 가진 것이 없었습니다.

"저기 제 서랍 속에 당신이 번역한 오시안의 노래가 있지요. 저는 아직 읽지 않았습니다. 당신이 읽어주시는 걸 듣고 싶었거든요. 그동안 기회가 닿지 않았고 기회를 만들 수도 없었지요."

베르테르는 미소 지으며 원고를 가져왔습니다. 원고를 손에 들자 그의 몸이 떨렸습니다. 원고를 들여다보는 그의 눈에는 눈물이 가득

했지만 일단 읽기 시작했습니다.

'어두워가는 밤하늘의 별이여, 서녘에서 반짝이는구나. 그대의 빛나는 머리가 구름을 걷고 나와 늠름한 모습으로 떠오르는구나. 그대는 황야에서 무엇을 찾고 있는가? 휘몰아치던 폭풍도 이제는 잠자고, 저편에서 시냇물이 졸졸 흐르는 소리가 들려오고 도도히 흐르는 물결은 저 멀리 바윗돌을 감싸고 희롱한다. 저녁때 파리는 윙윙 소리를 내며 들판을 무리지어 날아간다.

아름다운 빛이여, 그대는 대체 무엇을 바라보는 것인가? 그대는 미소 지으며 지나갈 뿐, 파도는 그대를 에워싸고 그대의 사랑스러운 머리카락을 씻어준다. 고요한 빛이여, 이제는 안녕. 오시안의 영혼의 장려한 빛이여, 나타나라!

그리하여 그 빛은 힘차게 나타난다. 나는 보고 있노라. 지금은 고인이 된 나의 벗들을. 그들은 지나간 세월처럼 로라의 황야에 모여든다. 핑갈은 물을 머금은 안개의 기둥이 되어 찾아오고 그를 둘러싼 이들은 자랑스러운 용사들이다.

보라, 노래하는 시인들을. 백발의 울린이여! 위풍당당한 리노여! 노래하는 사랑스러운 알핀이여! 그리고 다정하게 재잘대는 미노나여! 나의 벗들이여, 셀마 성에서 축제를 벌인 후 그대들은 어쩌면 그렇게도 변했는가. 그날 우리들은 노래로 영예를 얻고자 앞다투었고, 가냘픈 풀잎사귀를 스치듯 봄바람이 언덕 위에서 살랑였다. 그때에 미노나가 아름다운 모습으로 나타났도다. 내리깐 눈에는 눈물이 가득했다. 언덕을 넘어 돌풍처럼 불어오는 변덕스러운 바람에 그녀의 머리칼이 나부꼈다. 그녀가 사랑스러운 목소리를 높이니 용사들의 마음속은 침울해졌도다. 그들은 살가르의 무덤과 백발의 콜마가 슬픔에 잠겨 지낸 거처를 보았기 때문이다. 아름다운 목소리의 콜마는 언덕 위에 버림 받은 채 홀로 지내고, 살가르는 돌아오겠다고 약속했으나 사방은 이미 밤의 어두운 장막으로 둘러싸이고 말았도다. 이제 홀로 언덕 위에 앉아 있는 콜마의 목소리를 들어보라!

콜마

밤이 되었노라. 나 여기 홀로 바람 부는 언덕 위에 버림받았도다. 바람은 산속에서 울고 물결은 울부짖으며 바위를 타고 흘러내린다. 버림받은 내게는 비를 막아줄 오막살이조차 없구나.

아아, 달이여, 구름을 헤치고 나오라! 밤하늘의 별이여, 나타나다오! 어떤 불빛이든지 내 애인이 있는 곳으로 나를 이끌어주려무나! 이제 그는 시위 푼 활을 곁에 놓아둔 채 입김 거센 개들이 헐떡이는 가운데 사냥의 피곤을 풀고 있으리라! 그런데 나는 여기, 버드나무 우거진 가운데 솟은 바위 위에 홀로 앉아 있어야만 된다니. 물결 소리, 비바람 소리는 요란해도 내 사랑하는 그의 목소리는 들려오지 않는구나!

무엇 때문에 나의 살가르는 망설이고 있는가? 약속의 말을 그가 잊었단 말인가? 바위와 나무는 저곳에 서 있고 찰찰 흐르는 물결은 이곳에 있나니, 밤이 되면 곧바로 그대는 이곳으로 오겠다고 하지 않았는가? 아아, 살가르는 어디를 헤매고 돌아다니는 것일까? 그대가 오면, 오만한 아버지와 오라비를 버리고 함께 도망가려 했건만! 그대와 우리 집안은 오랜 세월 원수지간이었지만, 우리 두 사람은 결코 원수가 아니라네. 아아, 살가르여!

바람이여, 아아, 잠깐만 조용히 있어다오! 흐름이여, 아아, 조금만 멎어다오! 내 목소리가 골짜기에 울려 퍼져, 헤매고 돌아다닐 그가 내 소리를 들을 수 있게끔! 살가르여, 외치고 있는 것은 바로 나이니라! 여기에 나무와 바위가 있도다! 살가르, 그리운 님이여! 나는 여기에 있노라. 무엇 때문에 그대는 망설이는 것인가?

보라, 아아, 달이 나타나도다. 냇물이 골짜기에서 빛나고 바위는 언덕 위에 회색빛으로 우뚝 솟아오른다. 하지만 그 높은 산언덕 위에도 그의 모습은 보이지 않노라. 도착을 알리는 개들도 그 모습을 나타내지 않으니, 나 여기 홀로 앉아 있어야 하는가.

그러나 저 아래 황야에 몸을 누이고 있는 이는 누구인가? 내가 사랑하는 그분일까? 나의 오라버니일까? 아아, 친애하는 벗들이여, 말해다오! 한데 대답이 없구나. 내 가슴은 얼마나 설레는가! 아아, 그들은 죽은 사람들이로다! 그들의 칼은 싸움으로 빨갛게 물들어 있도다! 아아, 오라버니, 오라버니, 어찌해서 일로 나의 살가르를 죽이셨습니까? 두 분 다 내게는 똑같이 사랑스러운 분이었는데! 아아, 그대는 언덕 위의 수많은 사람들 가운데서도 그렇게 빼어났건만! 워낙 처절한 싸움이었으니 대답을 해다오! 그러나 그들은 말이 없도다. 영원히 침묵하노라! 그들의 가슴은 흙처럼 차갑다! 아아, 언덕의 바위에서, 폭풍이 휘몰아치는 산봉우리에서, 말해다오, 죽은 자들의 영혼이여! 이야기를 해다오! 나는 조금도 두렵지 않노라! 그대들은 어디로 쉬러 갔느냐? 첩첩산중의 그 어느 굴에서 내 그대들을 다시 찾아내리? 바람 속에 귀 기울여보아도 가느다란 소리조차 들리지 않는다. 언덕의 비바람 속에 날려 오는 대답마저 들리지 않는구나.

나는 슬픔에 잠겨, 이곳에 앉아서, 눈물에 젖어 아침을 기다리노라. 그대들 죽은 자의 벗들이여, 어서 무덤을 파헤쳐다오! 그러나 내가 갈 때까지는 다시 파묻지 말아다오! 나의 목숨은 꿈길 속으로 사라져 가는데 어찌하여 내가 살아남을 것인가? 그러나 나는 정다운 벗들과 함께 물살이 바위에 부딪혀서 산산이 부서지는 여기 냇가에 살리라. 언덕 위에 밤이 찾아오고 바람이 황야에 몰아치면 나의 영혼은 바람 속에 서성이며, 정다운 벗들의 죽음을 서러워하리라. 사냥꾼은 오막살이에서 내 외침 소리를 듣고 두려워하며, 또한 그리워도 하리라. 정다운 벗들을 서러워하는 내 소리가 감미롭기에, 둘 다 나에게는 사랑스러웠기에.

미노나여, 아아, 이것이 그대의 노래였노라. 토르만의 딸, 상냥하고 얼굴을 붉히며 수줍어하는 처녀여! 우리는 콜마를 위해 눈물을 흘렸고, 우리의 마음은 암담했노라.

　울린은 하프를 손에 들고 나와 알핀의 노래를 들려주었도다. 알핀의 목소리는 부드럽고, 리노의 마음은 뜨겁게 불타올랐노라. 그들은 이미 비좁은 집 속에서 고이 쉬고 있으며, 그들의 목소리는 셀마의 나라에 울려 퍼지지 못했노라. 일찍이 그 용사들이 아직 살아 있었을 때, 울린은 사냥에서 돌아와 언덕 위에서 그들이 노래하며 겨루는 것을 들은 적이 있었노라. 그 노래는 부드러우면서도 슬프게, 그들 가운데 으뜸가는 용사 모라르의 죽음을 서러워하노라. 모라르의 마음은 핑갈과 닮았고, 그의 칼은 오스카르와 같았노라. 그러나 모라르는 쓰러졌노라. 그의 어버이는 슬픔에 잠기고 그 누이의 눈에는 눈물이 가득했노라. 그 장한 모라르의 누이 미노나의 눈에 눈물이 넘쳐흘렀노라. 비바람을 미리 알아차리고 아름다운 얼굴을 구름 속에 감춰버리는 서쪽 하늘의 달처럼 미노나는 울린의 노래에 앞서서 미리 물러났구나. 나는 울린과 더불어 그 슬픔 비탄의 노래에 맞춰 하프를 연주했노라.

리노

　바람은 자고, 비는 멈추어, 남쪽 하늘은 밝아지고 구름은 흩어졌도다. 바람은 자고, 비는 멈추어, 남쪽 하늘은 밝아지고 구름은 흩어졌도다. 머무를 줄 모르는 태양은, 도망치면서 언덕을 비춰주나니 산속의 계곡물은 빨갛게 물들면서 골짜기에 흘러내리도다. 계곡물이여, 그대의 속삭임은 감미롭구나. 그러나 내 귀에 들려오는 더 감미로운 소리가 있도다. 그것은 죽은 자들을 슬퍼하는 알핀의 목소리라. 그들의 고개는 늙어 수그러지고 눈물 어린 눈은 빨갛게 부었도다. 알핀이여, 아름다운 사람이여! 왜 말 없는 언덕 위에 홀로 서 있는가? 어찌하여 그대들은 숲 속에서 이는 바람처럼, 아득하게 먼 기슭의 물결처럼, 슬피 한탄하는가?

알핀

리노여, 나의 눈물은 저 죽은 이를 위한 것, 나의 소리는 무덤에 사는 이들을 위한 것이로다. 언덕 위에 서 있는 그대의 모습은 날씬하고 황야의 아들들 사이에서는 아름답도다! 그러나 그대도 모라르처럼 쓰러지리. 그대 무덤가에는 슬퍼하는 사람이 앉게 되리. 산들은 그대를 잊고, 그대의 활은 활시위도 풀린 채 도처에 내걸리게 되리라.

아아, 모라르여, 그대는 언덕 위의 노루같이 재빠르고 하늘의 밤불같이 무서웠노라. 그대의 분노는 폭풍이요, 싸움터에서 그대의 칼은 황야에 내려치는 번갯불과 같고, 그대의 소리는 비 내린 후 숲 속을 흐르는 물결 같고 저 멀리 산 위의 우렛소리와도 같았노라. 수많은 사람들이 그대 팔에 쓰러졌고 그대 분노의 불길은 그들을 태워버렸도다. 그러나 그대가 싸움터에서 돌아왔을 때 그대의 모습은 얼마나 온화했던가! 그대의 얼굴은 폭풍이 지난 후의 태양과 같고 소리 없는 밤의 달과 같았으며, 그대의 가슴은 바람의 포효가 멈춘 호수와 같이 고요했노라.

이제 그대의 집은 비좁고, 그대의 거처는 어둡도다! 나는 세 발자국으로 그대의 무덤을 잴 수 있으니, 오오, 그 옛날 그리도 위대하던 그대여! 이끼 낀 망주석 네 개, 그것이 유일한 그대의 기념물이로다. 낙엽이 진 나무, 바람에 살랑거리는 무성한 풀, 이들만이 사냥꾼의 눈에 거대한 모라르의 무덤을 가리켜주리. 그대를 위하여 눈물 쏟을 어머니도 없고 사랑의 눈물 흘릴 소녀 하나 없네. 그대를 낳은 이, 죽어 없고 모르그란의 딸도 쓰러져버렸네.

지팡이에 몸을 의지한 자 그 누구인가? 세월이 흘러 연륜을 얻고 백발이 된 자, 눈물이 흘러 눈이 붉어진 자, 그 누구일가? 그는 그대의 아버지로다. 오오, 모라르여! 그대 이외에 다른 아들은 없는 아버지시다. 그는 싸움터에서 떨친 그대의 명성을 들었노라! 그는 들었노라, 모라르의 명성을! 아아, 그대가 입은 상처에 관해서는 들은 바 없었던가? 통곡할지니, 모라르의 아버지여! 통곡할지니! 그래도 그대의 아들은 그 소리조차 듣지 못하리라. 죽은 이의 잠은 깊고 먼지로 만든 그들의 베개는 얕도다. 죽은 이는 소리가 나도 결코 듣지 못하리. 그대가 불러도 결코 잠에서 깨지 않으리. 아아, 무덤에 아침이 찾아와 잠든 자에게 "잠에서 깨어나라!" 하고 명령할 날이 과연 찾아올 것인가.

안녕! 숭고하기 그지없는 이여, 그대 싸움터 위의 정복자여! 그러나 싸움터는 그대를 다시 보지 못하리. 저 어두운 숲도 영원히 그대의 칼날에 비쳐 번쩍이는 일 없으리라. 그대는 자식을 남기지 못했어도 노래는 그대의 이름을 보존하리라. 후세의 사람들은 그대의 이야기를, 싸우다 쓰러진 모라르의 이야기를 듣게 되리라.

용사들의 애도하는 소리가 울려 퍼졌도다. 그중 아르민의 터질 듯한 탄식의 소리가 가장 크게 울려 퍼졌도다. 내 자식의 죽음 때문이었노라. 그는 젊은 날에 전사했다. 명성 높은 갈말의 영주 카르모르가 그 용사의 곁에 앉아 말했다.

"어찌하여 아르민은 한숨지으며 흐느끼는가? 무엇 때문에 운단 말인가. 어찌하여 마음을 녹이고 즐겁게 해줄 노랫소리는 울려 퍼지지 않는가? 노래는 호수에서 피어올라 산골짜기에 흩뿌려지는 소리 없는 안개와 같다. 피어나는 꽃들을 촉촉이 적셔준다. 그러나 태양은 다시 힘차게 나타나고 안개는 사라지고 만다. 바다에 둘러싸인 고르마의 영주 아르민이여, 어찌하여 그대는 그리 비탄에 잠겼는가!"

실로 나는 비탄에 잠겼노라. 나는 여러 가지 이유로 진정 슬프도다. 카르모르여, 그대는 아들을 잃은 적이 없으리라. 꽃다운 여식을 잃은 일도 없으리라. 용감한 아들 콜가르는 건재하며, 세상에서 가장 아름다운 처녀 아니라도 아직 살아 있으니. 오오! 카르모르여, 그대 가문에는 꽃이 만발했도다. 그러나 아르민은 가문의 마지막 아들이었노라. 아아, 다우라여, 어둠에 휩싸여 있구나, 그대의 잠자리, 무덤 안에서 갑갑하겠구나! 그대 언제 눈을 다시 떠서 나의 마음을 즐겁게 해줄 노래를 들려줄 것인가! 너희들 가을바람아, 불어라! 어두운 황야를 휘몰아쳐라! 숲 속을 뒤덮은 소리 우렁차게 울려 퍼져라! 떡갈나무 가지 끝에 부는 폭풍이여! 오오, 달이여, 갈라진 구름 사이를 헤매며 보일 듯 말 듯 창백한 그대의 얼굴을 보여다오! 나의 자식들은 죽고 건장했던 아린달은 쓰러지고 귀여운 다우라마저 죽어간 그 무서운 밤을 떠올려라. 다우라여, 나의 딸이여 아름다웠노라! 후라의 산 위에 떠 있던 달같이 아름다웠고, 내리 쌓인 눈같이 희고 들이마시는 바람과 같이 감미로웠노라! 아린달이여, 그대의 활은 강하고 그대의 창은 날쌔게 전장을 날며 그대의 눈초리는 파도 위의 안개와도 같고 그대의 방패는 폭풍 속의 구름 같았노라!

싸움터에서 이름을 떨친 아르마르가 찾아와 다우라의 사랑을 구하니 그녀는 마다하지 않았노라. 이들의 친구들은 아름다운 기대를 품었노라.

오드갈의 아들 에라트, 원한을 품었노라. 그의 형이 아르마르에게 죽임을 당했기 때문이다. 그는 뱃사공으로 가장하고서 왔노라. 파도 위에 뜬 그의 조각배는 아름다웠고, 그의 머리칼은 나이 들어 희게 변했으며, 준엄한 그 얼굴은 평온했도다. 그가 말했노라.

"그지없이 아름다운 아가씨여, 아르민의 사랑스러운 딸이여, 저기 바위 곁, 바다에서 멀지 않은 곳, 저 나무의 붉은 열매가 반짝이는 곳, 거기서 아르마르가 그대 다우라를 기다리고 있소. 거세게 물결치는 바다를 건너 그의 애인을 인도하기 위해 나는 왔소이다."

그녀는 그를 따라 갔도다. 그리고 아르마르를 소리쳐 불러보았도다. 그러나 바위에 부딪치는 소리만 들릴 뿐이었다. "아르마르여! 나의 애인이여, 나의 애인이여! 어찌하여 나를 이다지도 애태우게 하나이까? 아르나르트의 아들이여, 들어주십시오, 들어주십시오! 그대를 부르는 것은 다우라입니다!"

배반자 에라트는 웃으며 육지로 도망쳤도다. 다우라는 소리 높여 아버지를 부르고 오라비를 불렀도다. "아린달! 아르민! 다우라를 구해줄 사람은 없나이까?"

그녀의 소리가 바다를 넘어 들려왔노라. 나의 아들 아린달은 사냥감에 신이 나 언덕을 내려왔노라. 그 순간 화살이 그의 허리에서 덜그럭거렸고 그의 손에는 어느덧 활이 쥐어 있었노라. 짙은 회색의 다섯 마리 사나운 개가 그를 둘러쌌노라. 그는 대담무쌍한 에라트를 기슭에서 만나자, 그를 사로잡아 떡갈나무에 결박하고서 허리를 동여매었도다. 에라트의 신음 소리가 공중에 가득 찼더라. 아린달은 다우라를 데려오려고, 조각배를 타고 바다로 향했노라. 아르마르는 분노를 참지 못하고 달려와서 회색빛 깃의 화살을 날렸도다. 화살은 공중에 떠오르더니 오오, 아린달이여, 나의 아들이여! 너의 가슴에 박혀버렸구나. 배신자 에라트를 대신해서 네가 죽었단 말이다. 작은 배는 바위에 닿았는데, 아린달은 쓰러져 숨을 거두고 말았도다. 오오, 다우라여! 너의 발치에서 너의 오라비는 피를 흘렸도다. 너의 그 애통함을 무엇에 비길 것인가!

파도가 조각배를 산산이 부쉈도다. 아르마르는 그의 다우라를 살려내든가 그렇지 않으면 스스로 죽음을 택하려 바닷속으로 뛰어들었노라. 갑자기 모진 바람이 언덕 위에서부터 바다 쪽으로 휘몰아치더니, 물결이 거세게 일어, 아르마르는 다시는 떠오르지 않았도다.

나 홀로 바닷물이 철썩이는 바위 위에 서서 나의 딸이 슬퍼함을 들었노라. 애통해하는 소리 계속되었으나 아버지는 자기 딸을 구하지 못했도다. 밤새도록 바닷가에 서서 희미한 달빛 아래 내 딸을 지켜보았노라. 밤새도록 내 딸의 울부짖는 소리를 들었노라. 바람 소리 요란하고 쏟아지는 비는 산 위로 쏟아졌다. 딸의 소리는 동이 트기 전에 바위틈과 풀밭 사이를 지나는 저녁바람같이 미약해졌느니라. 그렇게 내 딸은 허망하게 죽어갔노라. 애통함 속에 아르민을 홀로 남겨두고서 내 딸은 그렇게 죽었노라. 싸움터에서 나의 힘은 사라지고 처녀들 사이에서의 자랑거리도 없어지고 말았네.

모진 산바람 불어와 물결을 높이 불어 올릴 때면 파도소리 울리는 바닷가에 앉아 저 무서운 바위를 바라보노라. 사그라지는 달빛 속에서 나는 내 자식들의 망령들을 자주 보았노라. 그들은 어스름 달빛 아래 슬프고도 의좋게 함께 떠도는구나.'

로테는 가슴이 시원해질 만큼 눈물을 흘려 베르테르의 노래는 중단되고 말았습니다. 베르테르는 원고를 내던지고 그녀의 손을 잡고 한없이 눈물을 흘렸습니다. 로테는 한쪽 손에 몸을 의지하고 다른 눈은 손수건으로 가렸습니다. 두 사람은 너무나 감동했습니다. 그들은 고귀한 사람들의 운명을 통해 자신들의 불행을 느끼고 공감했습니다. 그들의 눈물은 그렇게 하나가 되어 흘렀습니다. 베르테르의 입술과 눈은 로테의 팔을 보고 불타올랐습니다. 전율을 느낀 로테는 몸을 빼려 했지만, 고통과 동정심이 그녀를 짓누르고 온몸의 감각을 마비시켰습니다. 그녀는 정신을 차리려고 숨을 내쉬고서 계속해서 읽어달라고 부탁했습니다. 힘껏 소리치며 간청했습니다! 베르테르의 몸이 떨렸습니다. 그의 가슴은 터질 듯했습니다. 그는 원고를 집어 들고 어눌한 소리로 읽기 시작했습니다.

'어찌하여 나를 깨우는가, 봄바람이여! 그대는 나를 유혹하면서 '나는 천상의 물방울로 적시노라' 하는구나. 허나 나 또한 여위고 시들 때가 가까웠노라. 나의 잎사귀를 휘몰아 떨어뜨릴 비바람도 이제 가까웠느니라. 그 언젠가 내 아름다운 모습을 보았던 나그네가 내일 찾아오리라. 그는 들판에서 내 모습을 찾겠지만 끝내 찾아내지 못하리라.'

이 구절이 지닌 온갖 힘이 불행한 베르테르를 압도했습니다. 그는 극도로 절망하여 로테 앞에 몸을 내어던지고 그녀의 손을 자신의 눈과 이마에 대었습니다. 로테는 그의 무서운 마음을 온몸으로 예감했습니다. 그녀의 감각은 혼란스러워졌습니다. 그녀는 그의 손을 잡아 가슴을 눌러댔고 슬픈 감동에 휩싸여 그에게로 몸을 굽혔습니다. 그들의 타오르는 볼이 맞닿았습니다. 그들의 안중에 이 세상 따위는 없었습니다. 베르테르의 팔은 그녀의 몸을 휘어감아 부둥켜안았습니다. 그러고는 당황한 로테의 입술에 미친 듯이 입을 맞추었습니다.

"베르테르 씨!"

그녀는 몸을 돌리며 숨 막히는 소리로 외쳤습니다.

"베르테르 씨!"

힘없는 손으로 베르테르의 가슴을 밀쳐냈습니다.

"베르테르 씨!"

그녀는 더없이 고귀한 감정이 깃든, 침착한 어조로 소리쳤습니다. 그는 거역하지 않고 그녀를 팔에서 풀어주고서 그녀 앞에 몸을 던졌습니다. 그녀는 뿌리치듯 일어났고, 사랑과 분노가 뒤섞인 혼란 속에서 몸을 떨며 말했습니다.

"이것이 마지막이에요, 베르테르 씨! 두 번 다시 만나지 않겠어요!"

로테는 불쌍한 사내를 사랑이 가득한 눈으로 바라보고는 급히 옆방으로 뛰어갔고 문을 잠갔습니다. 베르테르는 그녀의 뒤를 따라가 팔을 내밀었지만 더 이상 그녀를 붙잡으려고 하지 않았습니다. 그는 바닥에 누워 소파에 머리를 기댄 채 오랫동안 그대로 있다가 어떤 소리에 겨우 정신을 차렸습니다. 하녀가 식사 준비를 하던 소리였습니다. 그는 방 안을 이리저리 걷다가 또다시 혼자임을 깨닫고는 자그마한 방의 문 앞에 가서 낮은 소리로 외쳤습니다.

"로테 양, 로테 양! 한마디만 하겠습니다! 안녕!"

로테는 아무 말도 하지 않았습니다. 베르테르는 기다리다 애원하고 또 기다려보았습니다. 마침내 뿌리치듯 돌아서서 "안녕, 로테 양! 영원히 안녕!" 하고 외쳤습니다.

그는 성문으로 갔습니다. 문지기들은 이미 그에게 익숙해져서 말 없이 그를 내보내주었습니다. 눈인지 비인지 알 수 없는 것들이 흩날리고 있었습니다. 열한 시쯤 그는 다시 성문을 두드렸습니다. 하인은 베르테르가 집에 돌아왔을 때 모자가 없다는 것을 알아차렸습니다. 그러나 감히 무슨 말을 해야 할지 몰랐기 때문에 그저 묵묵히 주인의 옷을 벗겨주었습니다. 모두 다 젖어 있었습니다. 모자는 나중에 골짜기를 내려다볼 수 있는 산 중턱의 바위 위에서 발견되었습니다. 어떻게 어둡고 비가 쏟아지던 그 밤에 그 바위까지 올라갔는지 알 수 없는 일입니다.

베르테르는 침대에 누워 오랫동안 잠을 잤습니다. 다음 날 아침 그가 부르자 하인은 커피를 대령했습니다. 그때 베르테르는 뭔가를 쓰고 있었다고 합니다. 로테에게 보내는 편지의 다음 구절은 이렇습니다.

'정말 마지막으로, 이것이 마지막으로 눈을 뜨는 아침입니다. 아아, 이 눈은 다시 태양을 보지 못할 겁니다. 흐린 안개가 태양을 가리고 있습니다. 자연이여, 슬퍼하라! 너의 아들, 너의 친구, 너의 연인이 종말에 다가서고 있다.

로테 양! 이것이 마지막 아침이라고 스스로에게 말하고 보니 말로 다할 수 없는 감정이 벅차오릅니다. 어렴풋한 꿈과도 같습니다. 마지막 아침! 로테 양, 나는 이 마지막이라는 말의 뜻을 이해할 수 없습니다. 나는 온몸에 기운이 넘쳐 여기 서 있습니다. 그런데 내일이 되면 팔다리를 쭉 뻗고서 맥없이 땅바닥에 누워 있겠지요. 죽는다! 그것은 무엇을 뜻하는 것일까요? 그렇습니다. 죽음에 대해 이야기할 때 우리는 꿈을 꾸는 겁니다. 나는 많은 사람들이 죽는 것을 보았습니다. 그러나 인간의 힘은 미약하여 그 존재의 처음과 끝을 이해할 수 없지요.

지금은 아직까지 이 몸은 나의 것, 아니 당신의 것! 당신의 것입니다. 아아, 사랑하는 그대! 그러나 순식간에 헤어지게 되는군요. 아마도 영원히? 아니, 아니, 그럴 리가 있나요, 로테 양. 어떻게 내가 사라져버린단 말입니까? 어떻게 당신이 사라져버리겠습니까? 우리들은 엄연히 존재하고 있습니다. 사라져버린다! 그건 어떤 의미인가요? 한낱 말에 지나지 않습니다! 공허한 소리에 불과합니다! 내 마음에는 아무 느낌이 없습니다. 죽어서, 로테 양! 차가운 흙 속에 묻힌다니. 그렇게 옹색한 곳에! 그렇게 어두운 곳에!

여자 친구가 하나 있었지요. 그녀는 의지할 곳 없었던 소년시절

저의 모든 것이었습니다. 그녀가 죽었습니다. 나는 유해를 따라가 무덤 옆에 섰습니다. 관이 내려지고 밧줄이 훌쩍 관 밑에서 풀려나 와 위로 올려지고, 처음으로 삽이 흙덩이를 떨어뜨리면 관에서 둔탁한 소리가 나고 결국 그 소리는 점점 무뎌집니다. 마침내 관은 완전히 덮여버렸죠! 나는 무덤 옆에 엎드렸지요. 나의 마음은 벅찬 감정에 휩싸였고 충격과 불안 속에 갈기갈기 찢기는 듯했습니다. 내 몸은 어떻게 될지 알 수 없었습니다. 죽음! 묘지! 나는 이런 말들을 이해할 수가 없습니다!

아아, 용서해주십시오. 용서해주십시오! 어제의 일을! 그것은 내 생애의 마지막 순간이 될 것입니다. 아아, 그대 천사여! 처음으로, 그제야 처음으로, 조금도 의심할 여지없이 마음속 깊은 곳으로부터 기쁨의 감정이 불타올랐습니다. 로테가 나를 사랑하고 있다! 당신이 나를 사랑해준다는 기쁨이었습니다. 당신 입술의 신성한 불길이 지금도 내 입술 위에서 불타고 있습니다. 새로운, 따뜻한 기쁨이 내 마음속에 깃들어 있습니다. 용서해주십시오! 용서해주십시오!

아아, 당신이 나를 사랑한다는 걸 알고 있습니다. 처음으로 정의로운 눈을 보았을 때, 처음으로 악수를 했을 때 알았습니다. 그러나 내가 떠나고 알베르트가 당신 곁에 있는 모습을 보았을 때 나는 다시 열병에 걸린 사람처럼 의혹에 빠져 풀이 죽어버렸습니다. 언젠가 그 지긋지긋한 모임에서 당신이 내게 말을 걸 수도 없고 손을 내밀 수조차 없었을 때 꽃을 보내주신 일을 기억하고 있습니까? 아아, 나는 꽃 앞에 밤을 지새우며 무릎을 꿇고 있었습니다. 그 꽃은 당신의 사랑을 나에게 알려주었습니다. 아아, 하지만 그런 인상도 지워져버렸습니다. 성스러운 계시를 눈으로 보고 믿음이 충만해졌던 신자가 신의 은총에 감사하던 마음을 점점 잃어가는 것과 비슷합니다.

이 모두가 무상합니다. 다만 내가 어제 당신의 입술을 통해 마음으로 느낀 불타는 생명은 영원히 꺼버릴 수 없습니다! 로테는 나를 사랑하고 있습니다! 나는 이 팔로 당신을 껴안았고 이 입술은 당신의 입술 위에서 떨렸으며, 내 입은 당신의 입에 맞닿아 말을 더듬었습니다. 그녀는 내 것이다! 로테! 그렇습니다. 당신은 영원히 내 소유입니다!

알베르트가 당신의 남편이란 것, 그게 무슨 상관입니까? 남편! 그것은 오직 이 세상에서만의 이야기가 아닙니까? 내가 당신을 사랑하고, 당신을 남편의 품에서 나의 품속으로 빼앗아온다면 이 세상에서는 죄가 되겠지요. 죄라고요? 좋습니다. 나는 스스로에게 벌을 주겠습니다. 그 죄의 천국 같은 기쁨을 남김없이 맛본 나는 생명의 그윽한 향기와 힘을 가슴 가득히 들이마셨습니다. 당신은 이 순간부터 저의 것입니다!

오오, 로테, 나는 먼저 갑니다. 하늘에 계신 나의 아버지 곁으로, 당신의 아버지 곁으로 갑니다. 그리고 아버지께 호소할 겁니다. 그러면 그분은 당신이 올 때까지, 나를 위로해주실 겁니다. 당신이 오면, 나는 뛰어가서 당신을 반갑게 맞이하고는 무한한 신께서 내려다보시는 가운데 당신과 영원한 포옹을 계속하겠습니다.

나는 꿈을 꾸는 것도 망상에 잠겨 있는 것도 아닙니다. 무덤 가까이에 와서 나의 마음은 더욱 밝아지고 정신은 점점 또렷해집니다. 우리는 존재할 겁니다. 우리는 저세상에서 다시 만날 겁니다. 나는 당신의 어머니도 만날 겁니다. 당신의 어머니를 찾아낼 겁니다. 그리고 그분에게 내 마음을 털어놓겠습니다! 당신의 어머니, 당신과 꼭 닮은 그분께!'

열한 시쯤 베르테르는 하인에게 혹시 알베르트가 돌아오지 않았느냐고 물었습니다. 하인은 알베르트가 말을 끌고 저쪽으로 가는 것을 보았다고 말했습니다. 그러자 주인은 개봉된 편지를 하인에게 주었습니다. 편지의 내용은 다음과 같습니다.

"여행을 계획 중인데 자네의 권총을 빌릴 수 없겠나? 평안하기를 기원하며!"

로테는 간밤에 잠을 거의 이루지 못했습니다. 그녀가 예전부터 두려워했던 일이 드디어 일어나고 말았기 때문입니다. 짐작도 못하고 두려워하지도 않았던 방향으로 판가름이 나버렸습니다. 차분했던 그녀의 피는 열병에 걸린 것처럼 들끓고 마음은 복잡한 감정으로 뒤흔들렸습니다.

지금 가슴속에 일어나는 것은 베르테르의 포옹에서 생겨난 불길이었을까? 아니면 그의 불손한 태도에 대한 불쾌감이었을까? 그렇지 않으면, 거리낌 없이 천진하고 근심 걱정이 없던 예전의 자신에

비해 현재의 상태가 불만스러워서일까? 남편을 어떻게 대해야 할까? 고백을 해도 마음속에 거리낄 것은 없지만 그렇다고 고백할 만한 용기도 나지 않는 그런 장면을 그에게 어떻게 고백해야 할까?

상당히 오랫동안 두 사람은 침묵을 지켜왔습니다. 자기 쪽에서 먼저 침묵을 깨뜨리고 하필이면 적당치 못한 시기에 뜻하지 않았던 사건에 대해 남편에게 고백해야만 할까? 베르테르가 찾아왔다는 소식을 전하는 것만으로도 불쾌해하지 않을까 염려되는데 이런 불상사에 대해서는 어떻게 말해야 할까? 남편이 자기를 공정한 눈으로, 아무 편견 없이 받아들이리라고 기대할 수나 있을까? 내 마음속까지 들여다보고 이해해주기를 바랄 수 있을까? 지금까지 자기는 언제나 남편에게 투명한 수정처럼 속내를 숨김없이 털어놓았고 자기의 기분이나 감정을 숨긴 일이 없고 또 숨길 수도 없었는데, 이제 남편 앞에서 자기를 기만할 수 있을까? 그런 생각들이 차례로 그녀를 괴롭혔고 당황하게 했습니다.

로테는 끊임없이 베르테르를 다시 생각하게 되었지만 그는 이제 잃어버린 존재였습니다. 그를 버린다는 건 참을 수 없는 일이었지만, 유감스럽게도 그를 내버려두는 수밖에 다른 도리가 없었습니다. 이 세상에서 로테를 잃어버린다면 베르테르에게는 아무것도 없게 됩니다.

로테가 분명히 의식하지는 못했지만, 부부 사이에 깊이 뿌리 내리고 있는 어색한 상태가 그 순간 그녀를 너무나 답답하게 했습니다.

그렇게도 이해심 깊고 선량한 두 사람이 남에게 말할 수 없는 견해 차이로 인해 서로 침묵하게 되었고 각자 자기가 옳고 상대편이 잘못이라고 생각하고 있었던 것입니다. 상황은 더욱 얽히고설켜 마침내 모든 운명이 걸려 있는 위기일발의 순간에도 그 매듭을 풀 수가 없게 되었습니다. 이런 상황에 이르기 전에 좀 더 일찍 지난날처럼 행복하고 친밀하게 지냈더라면, 사랑과 관용이 그들의 마음을 채웠더라면, 서로 흉금을 털어놓았더라면, 아마도 우리의 친구는 구원되었을지도 모릅니다.

거기에 또 하나의 특수한 사정이 생겼습니다. 그의 편지를 읽어보면 알 수 있지만 베르테르는 이 세상을 떠나고 싶다는 간절한 소망을 비밀로 하지 않았습니다. 알베르트는 몇 번이나 베르테르의 생각을 듣고 반박했습니다. 로테와 남편 사이에도, 가끔 이런 이야기가 오고 갔습니다. 알베르트는 그런 행위에 대해 철저한 반감을 품고 있었기 때문에, 평소 잘 보이지 않던 과민함까지 드러내면서 '자살계획 같은 건 진지하게 여길 수 없다'라고 여러 번 말했으며, 농담까지 섞어가며 믿을 수 없다는 자신의 의견을 로테에게 피력한 바 있었습니다. 물론 한편으로는 로테가 그런 슬픈 장면을 상상할까 봐 그녀의 마음을 가라앉히기 위해서이지만, 다른 한편으로는 남편의 그런 태도 때문에 로테가 자신을 괴롭히는 문제를 고백하기 힘들어진 것도 사실이었습니다.

알베르트가 돌아왔을 때 로테는 당황하며 그를 맞이했습니다. 그는 기분이 좋지 않았습니다. 일이 완전히 처리되지 않았고 근방의 법관은 완고하고 꽉 막힌 사람이었으며 오가는 길이 나빴던 것도 그를 불쾌하게 했습니다.

알베르트가 아무 일 없었느냐고 묻자, 로테는 간밤에 베르테르 씨가 왔었다고 서둘러 대답했습니다. 알베르트는 편지가 오지 않았느냐고 물었습니다. 로테는 편지와 소포들이 그의 방에 놓여 있다고 대답했습니다. 알베르트는 자기 방으로 건너갔습니다. 로테는 혼자 남았습니다. 사랑하고 존경하는 남편이 돌아오자 새로운 감명을 받았습니다. 그의 고결함과 사랑과 친절함을 생각할 때 그녀의 마음도 한층 침착해졌습니다. 그녀는 남편의 뒤를 따라가고 싶은 은밀한 충동을 느꼈습니다. 그래서 평소처럼 일거리를 가지고 남편의 방으로 갔습니다. 그는 소포를 풀고 편지를 읽기에 바빴습니다. 몇몇 편지는 유쾌하지 못한 것이었습니다. 로테가 몇 가지 질문을 하자 알베르트는 간단히 답해주고 책상에 가서 무엇인가 쓰기 시작했습니다.

그들은 한 시간가량 함께 있었습니다. 로테의 마음은 점점 어두워졌습니다. 설령 남편의 기분이 좋다 해도 자신의 마음을 옥죄이는 것에 대해 고백하는 것이 얼마나 어려운지를 느꼈습니다. 그녀는 괴로웠지만 심경을 감추려고 노력했습니다. 눈물을 삼켜버리려고 할수록 마음은 불안해졌습니다.

베르테르의 하인이 나타나자 그녀는 매우 당황했습니다. 하인은 알베르트에게 편지를 전했습니다. 알베르트는 태연하게 아내에게 권총을 내주라고 말했습니다.

"즐거운 여행이 되길 바란다고 전하게."

알베르트가 하인에게 말했습니다. 그 말을 들은 로테는 큰 충격을 받아 일어서려던 중 비틀거리고 말았습니다. 자신의 몸이 어떤지 그녀는 알지 못했습니다. 그녀는 몸을 떨며 천천히 벽으로 다가가 권총을 집었습니다. 총의 먼지를 털어내며 망설였습니다. 알베르트가 의아한 눈으로 그녀를 바라보며 재촉하지 않았더라면 더 오래 망설였을 겁니다. 그녀는 그 불길한 물건을 하인에게 내주면서 한마디도 할 수 없었습니다. 하인이 나가고 나서 그녀는 말할 수 없이 불안한 상태에서 일거리를 가지고 자기 방으로 갔습니다. 무서운 일이 일어나리라는 예감이 가득했습니다. 그녀는 남편의 발밑에 쓰러져 지난밤에 일어났던 일, 자신의 죄, 자신이 예감한 것 모두를 털어놓고 싶다는 생각이 들었지만, 한편으로는 그렇게 한다 해도 아무 소득이 없다는 걸 깨달았습니다. 남편을 베르테르의 집으로 가보라고 설득하는 건 도저히 바라기 힘든 일이었습니다. 마침 식사 준비가 다 되었습니다. 친한 친구 하나가 물어볼 일이 있어 찾아왔다가 바로 돌아가지 않고 남아서 식사 분위기를 어색하지 않게 해주었습니다. 로테는 억지로 기분을 내서 이야기를 주고받으며 잊으려고 했습니다.

하인은 권총을 받아가지고 베르테르에게 돌아왔습니다. 로테가 손수 내주더라는 이야기를 듣고, 베르테르는 기쁜 듯 권총을 받아들었습니다. 그는 빵과 포도주를 가져오게 하고 하인에게는 식사를 하라고 이른 다음 자신은 자리에 앉아 글을 쓰기 시작했습니다.

'권총은 당신의 손을 거쳐 왔습니다. 당신이 권총의 먼지를 털어 주셨다고요. 당신이 직접 손을 대고 만졌던 권총이기에 나는 천 번이고 키스를 했답니다. 그대, 하늘의 영혼이여! 당신은 나의 결심을 확고하게 해줍니다. 로테! 당신이 내게 무기를 내주었습니다. 당신 손에서 죽음을 받는 것이 소원이었는데, 아아, 이제 이렇게 받게 되었습니다. 오, 나는 하인에게 꼬치꼬치 캐물었습니다. 당신은 권총을 내어주실 때 떨고 계셨고 잘 가란 말은 한마디도 하지 않았습니다! 슬픕니다. 정말 슬픈 일입니다! 잘 가란 말 한마디 하지 않다니! 당신을 붙들었던 그때 그 순간 때문에 당신은 나에 대해서 마음을 꼭 닫아야만 하는 겁니까? 로테, 천년의 세월이 흘러도 그때의 감명은 사라지지 않을 것입니다. 당신 때문에 이다지도 마음을 불태우는 사내를 설마 미워하지 못하겠지요.'

식사 후 베르테르는 하인에게 짐을 꾸리라고 일러두고 서류들을 찢어버리고는 외출해 사소한 빚까지 모두 정리했습니다. 그는 다시 집으로 돌아왔다가 또다시 성문 밖으로 걸어가 비가 오는데도 불구하고 백작의 정원으로 들어가 계속 그 근방을 정처 없이 헤맸습니다. 그리고 땅거미가 질 무렵에 집으로 되돌아와 글을 썼습니다.

'빌헬름, 나는 마지막으로 들과 숲 그리고 하늘을 보았네. 자네도 잘 살게! 어머님, 용서해주십시오! 우리 어머니를 위로해드리게, 빌헬름! 자네들에게 하나님의 축복이 함께하기를! 모든 것을 정리했네. 그러면 잘 있게! 또 만나세. 다음에는 더욱 즐겁게.'

'나는 자네의 은혜를 원수로 갚네, 알베르트. 그래도 나를 용서해주겠지. 나는 자네 가정의 평화를 방해하고 자네 부부 사이에 의혹의 씨를 뿌렸네. 잘 살게! 이만 끝내려 하네. 아아, 내가 죽음으로 자네들이 행복해지기를! 알베르트! 알베르트! 천사를 행복하게 해주게! 하나님의 축복과 함께하기를!'

베르테르는 그날 저녁 많은 서류를 뒤적거리더니 그중 여러 장을 찢어 난로에 집어던지고, 두세 개의 소포에 수신인을 빌헬름으로 한 뒤 봉인했습니다. 그 소포들 속에는 짤막한 수필들과 단편적인 감상문이 들어 있었습니다. 그중 몇몇은 편집자인 저도 읽었습니다. 열 시에 베르테르는 하인에게 불을 지피고 포도주 한 병을 가져오라고 시킨 뒤 잠자리에 들라고 했습니다. 하인의 방은 집안 식구들의 침실과 마찬가지로 후미진 곳에 있었습니다. 하인은 다음 날 아침 눈 뜨는 대로 곧 채비할 수 있도록 옷을 입은 채 누웠습니다. 새벽 여섯 시가 되기 전에 역마차가 집 앞으로 오게 되어 있다고 주인에게서 들었기 때문입니다.

열한 시가 지나서

주위의 모든 것이 고요하기 그지없습니다. 내 마음도 지극히 평온합니다. 하나님이시여, 이 마지막 순간에 온화함과 힘을 허락해주신 당신께 감사합니다.

나의 그리운 이여! 창가에서 밖을 바라봅니다. 흘러가는 구름 사이에서 빛나는 하늘의 별들을 하나씩 하나씩 보고 있습니다. 아니, 너희들은 영원히 떨어지지 않으리라. 영원하신 분이 너희들 모두와 나를 품안에 껴안아주리라. 큰곰자리의 북두칠성이 보입니다. 모든 별 중에 내가 가장 좋아하는 별이지요. 내가 밤에 당신과 헤어져서 당신 집 문을 나서면 언제나 그 별은 나를 바라보고 있었습니다. 황홀하게 그 별들을 올려다보았지요. 두 손을 들어올려서 그 별들을 현재의 내 행복에 대한 징표로 삼았습니다.

지금 이 순간, 로테, 당신을 생각나게 하지 않는 것이 하나도 없습니다! 당신은 나를 둘러싸고 있지 않습니까? 거룩한 당신이 손을 댔던 것이면 나는 어린애처럼 아무리 하찮은 것이라도 무엇이든 모으지 않았습니까!

정다운 그대의 실루엣 그림! 나는 이것을 당신에게 남겨놓고 가겠습니다. 로테, 아무쪼록 이것을 소중히 간직해주십시오. 외출할 때나 귀가했을 때, 나는 수천 번 이 그림에 입을 맞추고 또 수천 번 눈인사를 보냈습니다.

나는 당신의 아버지께 내 유해를 보호해주시도록 편지로 부탁드렸습니다. 묘지 뒤편, 밭이 보이는 한구석에 두 그루의 보리수가 서 있습니다. 나는 그곳에서 잠들고 싶습니다. 아버지께서는 친구를 위해서 이런 부탁을 들어주실 수 있으며 들어주실 겁니다. 당신도 아버지께 부탁드려주십시오. 거룩하고 독실한 기독교 신자라면, 이 불행한 사람 옆에 묻히기를 싫어할 것이니 억지로 요구할 생각은 없습니다. 그렇습니다. 아아, 나는 당신네들의 손으로 길가나 쓸쓸한 골짜기에다 파묻어주기를 바랐고 사제나 레위 사람들이 십자를 그으며 묘석 앞을 지나고 사마리아 사람이 한 방울의 눈물을 뿌려주기를 원했습니다.

로테, 나는 두려워하지 않고, 차갑고 무서운 술잔을 들어 죽음에 취하도록 마셔버리렵니다. 당신이 이 잔을 내게 손수 내어주셨습니다. 나는 망설이지 않겠습니다. 모든 것이, 내 인생의 모든 소원과 희망이 이뤄졌습니다! 이렇게 냉정하고 담담하게 죽음의 철문을 두드립니다!

로테! 될 수만 있다면 당신을 위해서 목숨을 바치고 싶었습니다. 당신을 위해서 이 몸을 바치는 행복을 누려보고 싶었습니다. 당신의 일상에 평화와 기쁨을 다시 찾게 해드릴 수만 있다면 나는 아무 미련 없이 기꺼이 죽으려고 했습니다. 아아, 가까운 사람을 위하여 스스로 피를 흘리고 죽음으로써 친구들에게 새로운 생을 마련해준다는 건 오직 소수의 숭고한 사람에게만 허락된 일입니다.

로테! 당신이 손을 대고 만진, 거룩하고 정결한 이 옷을 입은 채로 나는 묻히고 싶습니다. 그것은 당신의 아버지께도 부탁드렸습니다. 내 영혼은 벌써 관 위를 떠돌고 있습니다. 아무도 내 주머니 속을 뒤지지 않도록 해주십시오. 이 분홍색 리본은 내가 처음으로 당신을 만났을 때, 당신이 가슴에 달고 있던 것입니다. 그때 당신은 아이들에게 둘러싸여 있었습니다. 아아, 아이들에게 천 번이고 입을 맞춰주십시오. 그리고 이 불쌍한 친구의 운명을 이야기해주십시오. 정말 귀여운 아이들이지요! 그 아이들은 언제나 내 주위에 있었습니다. 아아, 나는 얼마나 당신과 긴밀하게 맺어져 있었던가요.

처음부터 나는 당신 곁을 떠날 수가 없었습니다. 이 리본은 나와 함께 묻어주십시오. 당신이 내 생일 선물로 주셨습니다! 그런 것들을, 나는 얼마나 갈망하며 모아두었는지 모릅니다. 아아, 이 길이 나를 이리로 이끌 줄은 미처 몰랐습니다. 마음을 가라앉혀주십시오! 제발 부탁입니다! 진정해주십시오!

총알을 넣어두었습니다. 지금 열두 시가 되었습니다. 자, 그럼 됐습니다.

로테! 로테! 안녕, 안녕!

이웃의 한 사람이 화약이 번쩍이는 것을 보았고 총소리를 들었습니다. 사방이 조용한 한밤중이라 더 이상 주의를 기울이지 않았다고 합니다.

아침 여섯 시에 하인이 불을 켜들고 방으로 들어갔을 때, 마룻바닥에 쓰러진 베르테르와 권총 그리고 핏자국을 보았습니다. 그는 주인을 부르며 끌어안았지만 다만 목에서 그르렁거리는 소리가 날 뿐이었습니다. 하인은 의사를 부르러 갔고 알베르트에게도 달려갔습니다. 로테는 초인종이 울리는 소리를 듣고서 전율했습니다. 그녀는 남편을 깨우고 일어났습니다. 하인은 울부짖으면서 더듬거리며 사건을 전했습니다. 로테는 실신하여 알베르트 앞에서 쓰러졌습니다.

의사가 그 불행한 사내에게로 달려왔을 때에는 이미 구조할 수 없는 형편이었고, 베르테르는 마룻바닥에 쓰러져 있었습니다. 맥은 뛰었으나 사지는 마비되었고 총알은 오른쪽 눈 위에서부터 머리를 관통하여 뇌수가 밖으로 나와 있었습니다. 소용없는 줄 알면서도 팔의 정맥을 째고 사혈을 시켰습니다. 피가 흘러나왔습니다. 숨은 간신히 쉬고 있었습니다.

안락의자의 등받이에 묻은 피로 보아 베르테르는 책상을 마주하고 앉은 채로 권총의 방아쇠를 당겼을 것으로 생각됩니다. 그러고는 땅바닥에 쓰러져 경련을 일으키며 의자 주위를 뒹군 듯했습니다. 힘이 빠진 그는 창문을 향해 누워 있었는데 장화를 신고 푸른 연미복과 노란 조끼 차림이었습니다.

집안과 이웃, 시내가 모두 발칵 뒤집혔습니다. 알베르트가 방으로 들어왔습니다. 이마에 붕대가 감긴 채 베르테르는 침대 위에 눕혀져 있었습니다. 그의 얼굴은 이미 죽은 사람 같았으며 팔다리는 전혀 움직이지 않았습니다. 때로는 약하게, 때로는 강하게 가슴에서 그르렁거리는 소리가 났습니다. 임종이 가까운 듯했습니다.

베르테르는 포도주를 한 잔 마셨습니다.《에밀리아 갈로티》*가 책상 위에 펼쳐진 채로 놓여 있었습니다. 알베르트의 당황한 모습이나 로테의 슬픔에 대해서는 언급하지 않겠습니다.

노법관은 소식을 듣고 말을 타고 달려왔습니다. 그는 뜨거운 눈물을 흘리며 죽어가는 사내에게 입을 맞추었습니다. 그의 만이도 곧 뒤따라 걸어왔습니다. 그는 침통한 표정으로 침대 곁에 엎드려 베르테르의 손과 입에 입을 맞추었습니다. 베르테르에게서 가장 큰 사랑을 받았던 만이는 좀처럼 베르테르에게서 떨어지려 하지 않았습니다. 베르테르가 숨을 거둔 후 사람들이 억지로 아이를 떼어놓아야 했습니다.

정오에 베르테르는 숨을 거뒀습니다. 법관이 입회해서 조치를 취했기 때문에 별다른 소동은 없었습니다. 밤 열한 시에 법관은 베르테르가 선택한 장소에 그를 묻기로 했습니다. 노법관과 그의 아들들이 유해를 뒤따랐습니다. 알베르트는 그렇게 할 수 없었습니다. 로테의 생명이 염려되었기 때문입니다. 성직자는 한 사람도 동행하지 않았습니다.

---

* *Emilia Galotti*. 독일 계몽주의 시대의 작가 레싱의 희곡으로 주인공이 자살로 끝을 맺음.(옮긴이)

옮긴이의 글

1749년 프랑크푸르트암마인에서 태어난 요한 볼프강 폰 괴테는 젊은 시절, 당대의 독일문학에 깊은 영향력을 행사한 계몽주의 사조에 반기를 들고 질풍노도 문학 운동을 선도했으며, 고전주의의 서막을 올린 독일 문학계의 거장이다.

이 책은 1774년 가을, 스물다섯 살의 괴테가 칠 주 만에 완성한 서간체 소설이다. 당대 독일 문학계는 이성과 합리성을 추구하는 계몽주의가 지배했기 때문에, 작가들은 미와 교훈을 동일시하는 합목적적인 문학관의 영향 아래 교훈을 담은 작품을 쓰고자 했다. 1770년대 무렵부터 계몽주의 문학에 염증을 느낀 청년 작가들은 이성 대신에 인간의 감정, 본능, 비합리적 상상력을 중시하며 합리적 인간상 대신 인습에 구애받지 않는 천재적 인간상을 제시하는 작품을 내놓기 시작했다.

이러한 분위기 속에서 괴테는 자신의 실제 체험을 바탕으로 이 소설을 쓰기 시작했다. 당시 슈트라스부르크 대학에서 법학 공부를 마친 괴테는 1772년 봄, 베츨라의 고등법원에서 법무 실습을 하게 된다. 그때 법무관 부프의 집에서 열여섯 살의 샤를로테와 마주친다. 그녀는 이른 나이에 외교관 케스트너와 약혼한 사이였다. 그녀와의 만남과 인상들은 작품의 제1부에 상세하게 표현되었다. 실제로 괴테는 약혼자 케스트너가 없는 사이에 샤를로테에게 강제로 키스했고 그녀는 괴테를 타이르며 자신에게서 우정 이상의 것을 바라지 말라고 잘라 말했다. 약혼자 케스트너와 큰 갈등은 일어나지 않았지만 젊은 괴테는 큰 상처를 받고 두 사람에게 편지를 남긴 채 귀향했다.

반년 후, 또 하나의 사건이 일어나 이 작품에 큰 영향을 끼치게 된다. 베츨라의 브라운슈바이크 공사관에서 일하던 서기관 예루살렘이 친구의 부인에게 연정을 품고 자살한 것이다. 예루살렘은 라이프치히 대학 시절에 알게 된 친구로, 상사들과 원만히 지내지 못한 그의 성격과 유부녀를 사랑했다가 좌절해 자살하게 된 사연이 작품에 영감을 주었다. 더욱이 예루살렘이 자살할 때 사용했던 권총은 케스트너가 빌려준 것으로, 그 사실 또한 작품 속에 고스란히 녹아들었다.

이처럼 괴테의 작품에는 자신이 직접 경험한 사건과 거기서 얻은 영감이 담겨 있는데 대표작인《파우스트》역시 일생의 체험을 통한 영혼의 성장을 기록했으며, 자서전이라고 할 수 있는《시와 진실》그리고 노인이 한 소녀를 사랑하며 느낀 열정을 생생히 옮겨놓은《정열의 3부작》

역시 그의 인생과 불가분의 관계에 있다. 괴테가 '생활 속의 문인'이라는 별칭을 얻은 것도 이 때문이다.

《젊은 베르테르의 슬픔》이 출간되자 그 반향은 대단했다. 젊은이들은 작품 속에 나오는 베르테르의 복장, 즉 푸른 연미복에 노란 바지를 입기도 했으며, 젊은 여인들은 로테와 같은 사랑을 원했다. 부인들은 남편의 사랑이 부족하다며 이혼하는 사태까지 벌어졌으며, 종교적으로 용서받지 못했던 자살이 유행처럼 번지자 일각에서는 비난의 목소리가 거세졌다. 하지만 이 작품은 독일뿐만 아니라 프랑스, 영국, 이탈리아 등으로 빠르게 퍼져 나갔고 나폴레옹이 전장에까지 지니고 간 일화는 아직도 유명하다.

이런 인기에도 불구하고 이 소설은 단순히 비극적인 연애담으로 폄하되었다. 괴테는 이 작품을 통해 영혼의 상태를 고백하려 했고 자신이 실제로 경험한 고뇌를 기술하면서 청춘의 폭넓은 공감을 얻는 데 성공했음에도 말이다.

마지막으로 독자들에게 한 가지 언급하고 싶은 것은, 우리말 제목인 '슬픔'에 대해서다. 원제인 'Die Leiden Des Jungen Werthers'의 'Leiden'은 슬픔이라기보다 '고뇌', '번민'에 가깝다. 원뜻에 가까운 제목으로 번역된 책들이 요즘 많이 나와 있지만, 오랫동안 사랑받은 고전의 제목이 지닌 권위를 존중했음을 이해해주길 바란다.

요한 볼프강 폰 괴테 연보

1749년 8월 28일 프랑크푸르트암마인에서 출생.

아버지 요한 카스파르 괴테는 황실 고문관이었으며 어머니 카타리나 엘리자베트는 프랑크푸르트 시장의 딸이었음.

1765년 라이프치히 대학에 입학해 법학을 공부. 예술가들과 교류하며 문학과 미술을 공부.

1766년 식당 주인 쇤코프의 딸 케트헨과 교제. 그녀에게 시집《아네테》를 바쳤음.

1767년 첫 희곡《연인의 변덕》을 집필해서 다음 해 4월에 완성.

1763년   케트헨과 결별. 7월 폐결핵에 걸려 학업을 중단하고 귀향.

1769년   희곡《공범자들》완성.

1770년   슈트라스부르크 대학에 입학해 다시 법학 공부. 헤르더와 교류하며 그의 문학관과 언어관에 큰 영향을 받음. 10월 근교의 체젠하임에서 목사의 딸 프리데리케 브리온과 사랑에 빠짐.

1771년   시험에 통과해 공부를 마침. 8월 프리데리케와 헤어진 후 프랑크푸르트로 돌아가 변호사 개업을 했지만 문학에 심취. 희곡《괴츠 폰 베를리힝겐》의 초고를 씀.

1772년   약혼한 여인 샤를로테 부프를 사랑했지만 단념함. 이 경험이 소설《젊은 베르테르의 슬픔》의 소재가 됨.

1773년   《괴츠 폰 베를리힝겐》을 출간, 슈트라스부르크 시절부터 구상했던《파우스트》의 집필 시작.

1774년   4월에 소설《젊은 베르테르의 슬픔》을 완성.《괴츠 폰 베를리힝겐》이 베를린에서 초연됨.

1775년 　프랑크푸르트 은행가의 딸 릴리 쇠네만과 약혼했지만 반년 후 파혼. 희곡《스텔라》집필.

1776년 　바이마르의 고문관으로 임명된 후 공국의 정사에 참여.

1778년 　희곡《에그몬트》에 전념해 일부 집필.

1779년 　《이피게니에》를 완성하여 초연.

1780년 　희곡《타소》구상.

1782년 　황제 요제프 2세로부터 귀족의 칭호를 받음. 아버지 별세. 《빌헬름 마이스터의 수업시대》집필 시작.

1786년 　이탈리아 여행.

1787년 　이탈리아 체류를 연장하고 나폴리와 시칠리아 섬 여행.《에그몬트》를 완성해 바이마르로 송고.

1788년 　바이마르로 돌아옴. 평민 출신의 크리스티아네 볼피우스와 동거 시작. 크리스티아네는 후에 괴테의 정식 부인이 됨. 실러와 교류.

1789년   아들 아우구스트 출생.

1792년   프랑스 혁명군에 대항하는 프러시아군에 소속되어 베르탱 공방전에 종군.

1793년   연합군의 일원으로 프랑스군 점령지인 마인츠 포위전에 참가했다가 8월에 귀환. 이 경험을 바탕으로 희곡《흥분한 사람들》집필.

1794년   새로 건립된 예나 식물원을 맡아 관리.《빌헬름 마이스터의 수업시대》의 개작 시작. 실러와《호렌》지 제작을 함께하며 가까워짐. 시인 프리드리히 횔덜린과 첫 만남.

1795년   《독일 피난민의 대화》출간.

1797년   서사시 〈헤르만과 도로테아〉를 집필. 실러의 격려에 힘입어 《파우스트》에 다시 전념했고 〈헌사〉 〈천상의 서곡〉 〈발푸르기스의 밤〉을 집필함.

1803년   희곡《사생아》를 완성하고 초연. 절친했던 헤르더 사망.

1805년   5월 실러의 죽음을 비통해함.

1806년　나폴레옹 군이 바이마르 점령. 크리스티아네와 정식으로 결혼.

1807년　소설《빌헬름 마이스터의 편력시대》집필 시작.

1808년　《파우스트》1부 출간. 소설《친화력》구상하고 집필 시작.

1811년　자전적 기록인《시와 진실》의 1부를 9월에 완성.《에그몬트》를 읽고 감동한 베토벤의 편지에 힘입어 2부 집필.

1812년　베토벤이 작곡한 괴테의 사극《에그몬트》초연.《시와 진실》2부 집필.

1813년　《시와 진실》3부 완성.《이탈리아 기행》집필 시작.

1816년　아내 크리스티아네가 중병으로 사망.《이탈리아 기행》1부를 완결하고 2부 집필에 착수.

1819년　《서동 시집》출판.

1821년　《빌헬름 마이스터의 편력시대》출간.

1823년 《괴테와의 대화》의 저자로 이름을 날린 에커만이 찾아와 조
수가 됨.

1829년 《파우스트》1부가 다섯 개 도시에서 공연. 《이탈리아 기행》
완결.

1830년 아들 아우구스트 로마에서 사망.

1831년 《시와 진실》4부, 《파우스트》2부 완성.

1832년 3월 22일 사망.

1833년 조수 에커만에 의해 《시와 진실》 사후 출판.